天下第一巷

——人才紅利時代之二

羅青 著

目次

卷三　懷鍾鼎文（1914-2012）

卷四　懷高陽（1922-1992）

卷五　記白先勇（1937-）

〔代序〕天下第一巷

羅青

一九七四年秋，二十六歲的我，結束留美學業，取道歐洲，環遊世界，返回台灣，開始定居於台北大安區，在敦化南路三五一巷內，開展我的藝文學術生涯。就是在這條巷子裡，我遇到了「我的時代」以及「我們的時代」，一個意氣風發談笑風生，千年難得一遇的「人才紅利時代」。

一九四九年初春，我隨父母搭乘太平輪到基隆，先是南下住在高雄鳳山大寮，旋又還至淡水，轉往台北。一年多後，又回到基隆落腳，在雨港一路由幼稚園小學念到初中高中，直到進入新莊輔仁大學後，才離開基隆，回到台北，常常在士林、中正、中山、萬華、大安區遊走玩耍，幾乎成了半個台北人。

我去美國留學後，父親從基隆船務公司退休，看到大安區敦化南路三五一巷內，由港商出資沈祖海建築師事務所設計的怡安大廈，是當時少有的二丁掛七層

◀怡安大廈東棟入口

▼怡安大廈東西兩棟

電梯車庫公寓建築，十分鍾意，因此決定移居台北，入住大廈東棟。

在此以前，我在大安區的活動，多半在和平東路師大附近及新生南路國際學舍（現在的大安森林公園）一帶，忠孝東路與敦化南路之間，還是蕉林稻田與園藝花圃錯雜的郊區，常有水牛出沒。沒想到數年不見，聯結敦化南北路的復旦橋東西兩側，出現了繁華熱鬧的頂好商圈。不久，在林立的商店中冒出了龍門畫廊，後來又有了金石堂書店、誠品書店、三民書局與阿波羅畫廊群，一派欣欣向榮的氣象，引來許多作家詩人畫家，紛紛聚居於此。他們泰半都是一九四九年後，自中原各省流寓台北的人才，為明鄭至今三百五十年以還所僅見，人數之眾，品類之廣，亦為永嘉、靖康以來所未有。我就在這樣的環境中，一住三十年，享盡師長友朋問道學藝之樂，亦閱盡人間滄桑世事變幻之奇。

台北鄉下鷺吳晟

怡安大廈坐北朝南，從我房間書桌旁面北的窗子望出去，可以看到水牛稻田及綠油油的蕉葉林，那時市民大道還未建成，鐵軌也未轉入地下，開窗臨風，火車的笛聲輪聲，清晰可聞。一次詩人吳晟自彰化來訪，商討共組詩社、出版詩刊的事宜。我們共進晚餐後，入夜對床長談，盡興方休。次晨醒來，他看到窗外景色，好像回到彰化，大感驚訝，不意車水馬龍的台北，竟也有如此鄉野景致。

瓊瑤豪宅大窗簾

由書桌北窗朝右下看，可以看到一棟老式的兩層樓水泥花園洋房，正在拆除改建。不久新屋建成，坐西朝東，十分華麗現代，院子裡還加蓋了一座紅瓦亭子。屋子朝西的一面是三層樓的高屋頂落地長窗，氣派非常，不過，因為西曬的關係，長長的彩色窗簾長閉不開，幾年下來，花色全都褪成了慘白。後來才知道，這是平鑫濤與瓊瑤的居所，他們出品的賣座三廳電影，大約有些是在這裡拍的。另外一位名小說家平路，有一陣子，就住在他們對面公寓樓上。平路後面的四層樓公寓，住著輔大中文系文字學專家王初慶教授。

我不太寫小說，與皇冠雜誌沒有聯繫，雖然鄰居多年，卻始終與平氏夫婦緣慳一面，素無往來。有一次，平鑫濤做壽，忽然由出版社打字來函向書畫界索畫祝壽，我寄上小品一幅，共襄盛舉。不久，皇冠祕書來電話，說畫太小，難以張掛出來，可否畫一幅大的寄來。我依要求照辦，但卻沒能去參加祝壽大宴。事隔一個多月，樓下郵差按對講機大喊有皇冠出版社的掛號，要我拿圖章來領。我以為是「潤筆費」寄到了，不料卻是三大箱瓊瑤的著作。瓊瑤的作品我看得不多，依稀記得她的成名作《窗外》在《聯合報．副刊》聯載時，曾匆匆讀過，印象深刻，此後便不再有機會讀她的作品。現在忽然收到她的大全集，無處擺放，難以消化，只好分批贈送諸親好友，讓大家共賞奇文。至於祝壽的那兩張畫，當時有沒有裱裝張掛，事後是否隨其他的壽幛壽屏，付諸紙簍，便不得而知了。

後來《皇冠》雜誌一度試圖改變風格，來信邀約詩畫稿件，這回我換了個方式，把一九八一年畫火柴盒大小的《掌中遊》冊頁，拍成幻燈片寄了去。不久，作品以彩色原寸拉頁的形式刊登了出來。我要求社方加印五十份贈我留念，到如今已成稀有珍本。《掌中遊》冊頁原件，在應邀到美國聖路易美術館開畫展時，因來不及展出，被寫《未央歌》、《人子》的鹿橋（吳納孫）看見，不由分說，立即摭入懷中，轉身開了張一千美金的支票，夾在他的新書中，雙手遞了過來。納公先生在美的身分是著名遠東藝術史教授，著作等身，有他大力品題推薦，畫

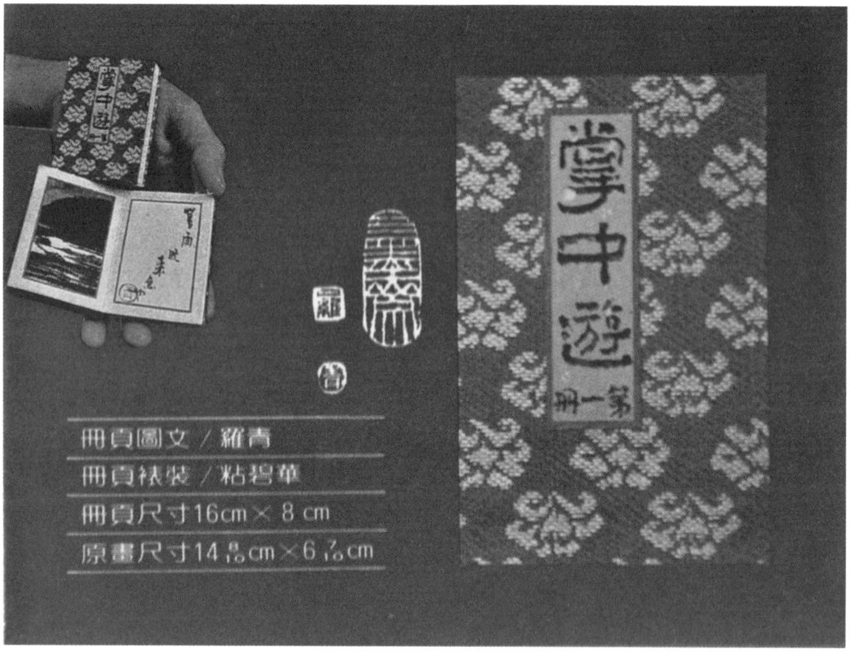

▲羅青《掌中遊》第一冊，一九八一年。

▼《掌中遊》內頁。

展自然成功。

山東大漢畫花鳥——喻仲林先生

那些年，我在輔仁英文系當講師，教的是「西洋文學概論」，一天班上一位健朗清秀的女學生，送來一本書，說是替父親轉交，我一看，是著名工筆花鳥畫家喻仲林（1925-1985）的畫集。這才知道，老畫家就住在怡安隔壁的四樓公寓。喻氏是標準的山東大漢，身體壯碩魁武，然卻常伏案以左手作工筆絹本團扇花鳥，儼然是一幅「猛虎細嗅薔薇」的模樣。可惜我當年一心銳意改革墨彩畫，除了登門道謝之外，並未來得及與這樣的天才花鳥大師多所請益，至今追悔徒然。更可惜的是，天不假年，沒過幾個寒暑，他便謝世了，思之無限悵然。

雙石草堂篆筆豪——鄒企園先生

所以，每當我工作告一段落，想起吳昌碩（1844-1927）在台僅有的及門弟

▲鄔企園的「雙石草堂」，目前已人去樓空，荒廢如斯。

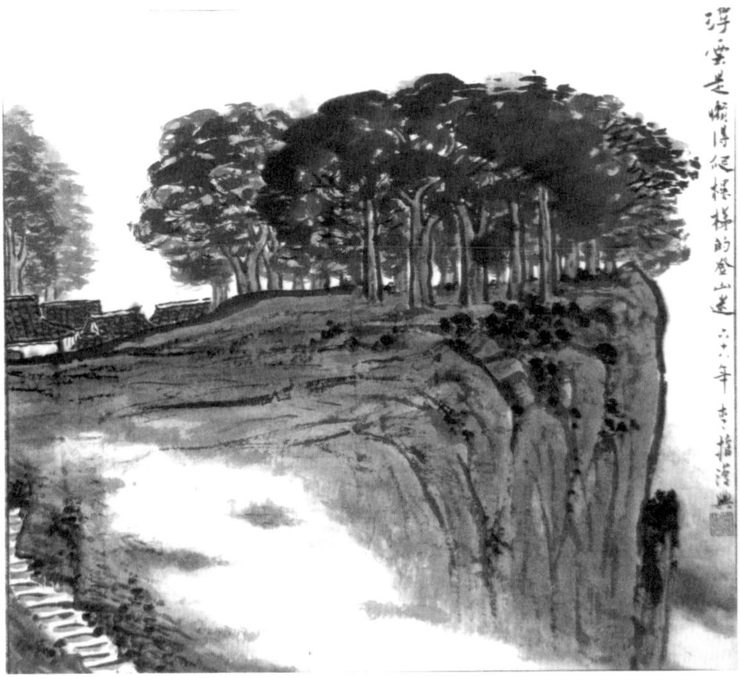

▲羅青〈浮雲林巒圖〉，一九七九年。

子鄔企園先生（1902-1991）的「雙石草堂」，就在巷口轉角處，便立即束裝往訪，不敢有所蹉跎。企老的小樓是土地銀行的宿舍，至今尚存，只是年久失修，無人居住，破敗發霉，雜草叢生，早已不復當年綠樹扶疏，藤花滿棚的景象。

「雙石草堂」後面便是當時有名的「清香齋」茶藝館，布置寬敞，高雅宜人，每有演講，定然座無虛席，是東區有名的藝文聚會之所；我與企老，時或品茗其中，敲棋為樂，把一個清閒的下午，打成一個忘年「小劫」。我倆對吳蒼石、齊白石兩家的金石筆法，同樣心折，勤習模仿，相互研究，樂在其中。

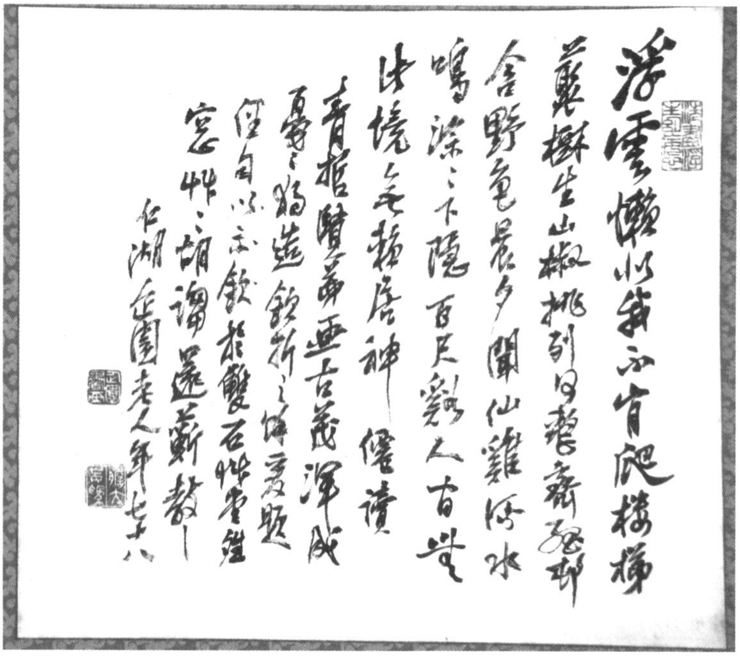

▲雙石草堂仁湖鄔企園跋，羅青〈浮雲林巒圖〉詩塘，一九七九年。

一次，我用蒼石筆法畫〈浮雲林巒圖〉一幅，並以新詩題句云：「浮雲是懶得爬樓梯的登山迷」，他看了居然大為欣賞，立即搓手片刻，成五古一首題贈，提攜過譽之情，溢於言表，原詩如下：

浮雲懶似我，不肯爬樓梯；
叢樹生山椒，排列何整齊；
孤村含野色，晨夕聞仙雞；
沔水流淙淙，下隱百尺谿；
人間無此境，無賴居神僊。

後有跋云：「讀青哲賢弟畫，古茂渾成，戛戛獨造，欽折之餘，爰題俚句於雙石草堂晴窗，草草胡謅，還蘄教之，仁湖企園老人，年七十八。」語雖多所謬讚，但卻充分顯示老輩謙沖為懷獎掖後進的風範。

每當冬夜歸家之時，遙望企老攙扶著夫人，身穿厚重棉衣，頭戴毛線絨帽，圍著長長的圍巾，相依相偎，踉蹌蹀蹀的在昏暗的燈光下，走向長巷的盡頭，就覺得眼睜睜的，看著一個蹭蹬的時代，也隨之而去。

至於曾經住在喻仲林隔壁樓下的水彩畫家許忠英（1951-2017），則於去年過世。凡此種種，稍後搬到巷子附近的新銳年輕藝術經紀人黃河，都無緣相遇。

白先勇兄弟寓居於此

結婚後，我還出怡安大廈，搬到三五一巷口的四樓公寓中，租屋而居，圖的是回老媽家吃晚飯方便。大門對面公寓二樓，住的是名服裝設計師大美人洪麗芬，油畫家吳炫三也曾在同一棟大樓內設立畫室。大樓後面巷弄內是傳統菜場，右側面對復旦橋是當時名噪一時的羅曼蒂法式餐廳，政商名流出入，隨時可見。穿過菜場不遠，是詩人蕭蕭居住的公寓，公寓對面是當時有名的敦化大廈，白先敬購屋其中，哥哥白先勇每次自美返台，就寄居於此，大家往來熱鬧，自然不在話下。名收藏家兼骨董商陳濤，就住在他們樓下。散文名家羅蘭也住在同一條巷子，門口掛有FAP的招牌，因為她的先生是「法新社」駐台代表。再往東走，就是林海音、何凡、王藍、王洪鈞住的永春大廈了。

兒子老子楊興生

油畫家兼龍門畫廊創辦人楊興生（1938-2013），則住在我隔壁的一排四樓公寓裡。老楊出生於江西，長我十歲，是師大美術系的高材生，曾留學美國念藝術研究所，但卻陰錯陽差開了畫廊，習得了洋人賣畫賺錢的法門。他在我返台定居的第二年，在頂好商圈創辦了龍門畫廊，把當時畫框、畫店、倉庫混合式畫廊，提升三級，成為台灣最早的美式「新銳藝術發表」的商業畫廊，讓傑出畫家每兩三年有固定場所發表最新實驗力作。此一創舉，為中國歷朝歷代所無，僅此一事，老楊便功在畫壇，必須載入史冊。我常在巷口的美利堅麵包店遇到他，汗衫短褲藍白拖，亂頭鬍渣香菸叼，十足藝術叛徒的模樣，哪裡像畫廊老闆？

一日，我在他家門口看到他，蹲在公寓進門的台階上抽菸，便好奇的上前寒暄。他跟我搖搖頭，嘆口氣說，沒辦法，上初中的兒子回來跟我住啦，不讓抽菸，只好在這裡躲一躲囉。我聽了啼笑皆非，只好調侃的厲聲道：「反了反了，兒子居然管起老子來了！這像話嗎？」沒想到，平時瀟灑的老楊，居然苦著一張臉，兩手一攤，向我訴起苦來：

「太太在美國，兒子從小隨外公住。他外公是留英的，完全是英國式教育，把兒子訓練成一個小紳士，早上起來，刷牙洗臉，打扮得整整齊齊，才正經八百的來吃早餐，就差沒打領帶。男人嘛，你知道，在自己家裡，可以隨便一點，穿件內褲，就可以坐在客廳看電視，喝點啤酒，把腳放在茶几上，放鬆一下。這些都是不行的，常常挨他斥責說，像什麼樣子，趕快把衣服穿好，坐好，訓導主任似的，弄得我坐也不是，站也不是，連招幾個朋友打幾圈小牌，都要遭到干涉，簡直是，『爸』不聊生，難過極了。」

我聞言大笑道：「天不怕地不怕，你老楊也有今天，真是一物降一物，這個兒子好！將來肯定孝順，你就等著享福吧。」

果然，老楊晚年，畫室移到淡水，由兒子照顧，生涯直接由「浪子期」一躍，進入「老年期」，過起不菸不酒不賭每天畫畫的規矩生活，享壽七十有六。

溫良恭儉周蓴波

住在楊與生對面四樓公寓的是江兆申的大弟子周澄（周蓴波），詩、書、畫、印，無所不通，俱得靈漚館真傳而時有過之。完全與老楊相反，他的個性，溫文儒雅，謙沖自牧，為人處世，一絲不苟，恭儉忍讓，細密周到，最能與人為善，其身段之柔軟圓融，直追宜蘭美食蓴菜鱸魚羹。難怪各類藝術團體，都要公推他為會長，以其擅於調鼎也。丙子年，江明賢教授召集台員十位墨彩名家，共組「長河雅集」畫會，我亦名附驥尾，推選出來的會長，當然非蓴波先生莫屬。

後來我搬到三五一巷旁的三五五巷碧雲華廈七樓公寓一樓，經營「小石園」，他則搬入一旁的朝陽大廈，成為近鄰。八〇年代末，我搬回怡安大廈東棟，入住六樓，與住在一樓的父母，共用一部電梯，上下來往，方便無比。我在頂樓加蓋了一間有玻璃屋頂的大畫室，顏之曰「水墨齋」，又將小石園移至畫室旁的花園中。為了獎勵在屋頂設置花園，美化環境，市政府還特別免費提供花土，但是花木則需自備。正中下懷的我，遂得賞春花、望秋月之樂。不久，蕁波先生為求居室寬敞，也把畫室移入怡安大廈西棟，專心經營他的「居山堂」，一時學生盈庭，名流咸集，壇坫之盛，為時賢所共許。

有「居山堂」為鄰，真是獲益良多，不單自己或代人求字求印方便，就連來想要學畫的門生，也一併轉介入蕁公門下，省去不少心思。畫家能像我們這樣比鄰而居，是當年吳仲圭、盛子昭所無法夢見的。這兩年，我發現表弟家有女初長，小學六年級便書畫出眾，才氣非凡，到處獲獎，心想等她上初中高中後，一定要尋名師好好沉潛蒙養一番。乙未除夕前四日，趁姨丈阿姨自美返台，已還出台北十年的我，特別設宴敦南朝桂餐廳，隆重延請蕁公先生入座，為表姪女舉辦拜師之宴，餐後，眾人步行移師「居山堂」，讓徒弟向老師行跪拜之禮，並喜慶三五一巷的藝術風流，覓得最年輕的傳人。

丹青伉儷嚴雋泰

事實上，曾隱居巷口附近的藝術家，還有大名鼎鼎的藝術伉儷嚴雋泰夫婦。

嚴先生是前總統嚴靜公的哲嗣，中年以後受夫人嚴許婉瑱的影響，開始專研抽象畫，用色大膽，沉鬱明快，兼而有之，彩色墨汁，潑灑之間，一氣呵成，豪情可干青雲而直上；夫人的油畫則合西洋東洋於一爐，洋溢著中國詩詞的溫暖情調。我與賢伉儷結識於雙方都搬離大安區之後，然而一談起那條巷子，大家都有共同的回憶，於意與遄飛之中，又有些意外的傷感。

機車行中書法家

意想不到的事情，不只一樁。有一次，住在海德堡的德國名詩人書法家兼翻譯家空船先生（Stefan Hyner），寄來一幅書法，請我代為尋訪作者，請他鈐印後，由我代為在台裝裱再寄回。我打開一看，是一幅行書條幅，筆走《集字聖教序》，健勁中別有一種嫵媚，當是高手所為。再看地址，居然就在本巷之內，我循線找去，竟是家機車修理行，開在傳統菜場旁中藥鋪的隔壁。這字，原來是車行老闆弟弟所書，他一邊幫忙修車，一邊隨樓上的老先生學書法。追問之下，才知道老先生是寒玉堂門人合肥書法家吳雪帆。沒想到從未與我謀面的同門師兄，居然曾經寄寓於此。師大國文系的國學大師兼書法家雨盦先生汪中（1925-2010），也曾在此住過，有一陣子常約我與書畫家如何懷碩……等，於晚飯後一起品茗聊天。

姚氏父子書畫傳

還有更令人意想不到的事。

我還至怡安大廈六樓後，對門而居的是父親的好友姚冬聲律師（1912-1989）。姚律師是江蘇武進的風流才子，是晚清人物花鳥及青綠山水畫大師黃山壽（1855-1919）的同鄉，來台後做過台北市議員及省議員，能書擅畫，閒居愛寫墨龍自娛，尤以沒骨五彩牡丹著稱，時人譽之為「姚牡丹」。他曾應家父之請，繪製墨竹一幅，筆力遒勁，風姿瀟灑，境界遠遠超過他的牡丹。

姚律師晚年得一幼子，排行第十，常常帶在身邊，鍾愛非常，電梯樓梯，巷頭巷尾，童帽制服跑跳，球鞋書包玩耍，不時就能碰見，轉瞬之間，昔日童子，已然青壯。他，不是別人，就是近來大力批判蚊子館以《海市蜃樓——台灣閒置公共設施抽樣調查》及《腦殘遊記》二書名聲大噪的天才當代藝術家，姚瑞中。

短短一條四五百公尺的巷子，竟然入住了這麼多藝文天才，再加上住在附近六七分鐘以內路程的各方名家、宿儒、賢達如鍾鼎文、張允中、陳正雄、李敖……等，總人數幾達二十多位。還有在八〇年代群聚於附近的畫廊如龍門、白龍堂，及開設於阿波羅大廈中數量高達三四十家的畫廊群，藝文盛況如此，求之近百年來的戰亂中國，當然是難得一遇，就是往上細數千年，也是聞所未聞。我天生幸運，機緣湊巧，居然有緣分與這樣的時代，在一條短短的巷弄中，撞個滿懷，敢不珍惜再三，用心記下所見所聞，為這個迷人的「人才紅利時代」，留下幾顆閃亮如露珠般的小小註解。

註：

敦化南路三五一巷，後來被重編，改為現在的敦化南路一段一六一巷。

卷一　天下第一巷

半個文壇在夏府

——林海音先生（1918-2001）百歲紀念

從邀詩稿到邀宴

「喂——羅青嘛，晚上有空，過來一起聚聚！」電話那頭傳來一串清脆響亮的京片子，一聽便是林海音林先生的聲音，「要是什麼著……太太孩子也一起過來，熱鬧熱鬧，我們包餃子。」

時間是民國六〇年代尾七〇年代初，正值台灣經濟開始欣欣向榮的階段，我搬離了敦化南路三五一巷口租屋處，住進了隔壁三五五巷碧雲華廈一樓新居，距離林先生的永春大廈寓所，走路只要三四分鐘，近便非常。只要是林先生請客聚會，那必定是群賢畢至高朋滿座，海內外的學者名家，歡聚一室，春風笑語，時驚四座，所謂「半個文壇」，於是乎在。我有緣經常穿梭其間，當然是受益匪淺，盡享與時彥才俊歡聚之樂。

當年經常在夏府出入的文人墨客很多，遂使府中客廳，有「台北半個文壇在夏府」之譽。況且主人熱誠好客，在大廈頂樓，另備有客房一套，設施一應俱全，以供海內外作家學者行旅台北時小住，每到寒暑假時，盛況更是空前。出入夏府機會不算最多的我，所遇到的各方豪傑，就已經車載斗量，不可勝數。

我常碰到的學者有夏志清、齊邦媛、林文月……等，小說家有王藍、季季、紀剛、潘人木，戲劇家有胡耀恆、散文家有夏元瑜、羅蘭、琦君，詩人有余光中、瘂弦、楊牧與楚戈，翻譯家有蔡思果、殷張蘭熙、黃宣範、彭歌，出版家兼散文家有大地出版社的姚宜瑛、爾雅出版社的隱地……還有梳著西裝頭的攝影名家王信，總是在一旁微笑著拍攝紀錄。而談鋒甚健的何凡先生夏承楹（1910-2002），則不時從書房的「玻璃墊上」溜了下來，打個招呼，急忙聊上幾句，胡亂塞了幾個餃子，又鑽了回去，趕他的專欄稿去了。

有一個時期，在香港執教的余光中先生常說，每次返台，受邀聚會，便有一种感覺：「好像到了夏府，才像回到台灣，向文壇報了到。」

我與林先生結緣於大學時代，那時我受到瘂弦先生的鼓勵，剛開始在《幼獅文藝》投稿不久，就受到她的注意，親筆來函，說是要以最大方的版面，在她主編的《純文學》月刊（1967-1972）上，刊登我的作品，真真讓我這個大學生，受寵若驚。於是，我立刻從手邊大堆詩稿中，挑了一首五十行以上較長的，不容易為報紙副刊所接受的詩，寄了過去。

過了兩個月，雜誌寄來了，寄到我基隆家中。剛剛才自輔大英語系畢業一週的我，正在家等候入伍通知書，見到郵件，急忙拆封翻看，竟是一九六九年七月號六卷一期（總號三十一期）的《純文學》。果然，在目錄上，我的詩〈給草〉與余光中先生的〈《敲打樂》後記〉，排在一起，而那一期，就只發表了這麼一首詩，排版寬鬆大方，這實在是一個主編，能夠給予年輕作者的最大鼓勵。我懷中就是揣著這種初入文壇的興奮，到雲林虎尾入伍服役的，一年之內，寫了四五十首詩，正可謂「詩想」爆發期，林先生就是那位劃火柴的人。

真沒想到，退伍出國後，我家由基隆遷至敦化南路與忠孝東路之間，剛好與新遷過來的夏府成了不知情的鄰居。當時，台北教育藝文界人士，多半居住在城南台大、師大附近。一九七〇年代初，台灣經濟因過去十年加工出口區的興旺而飛躍發展，城北一帶

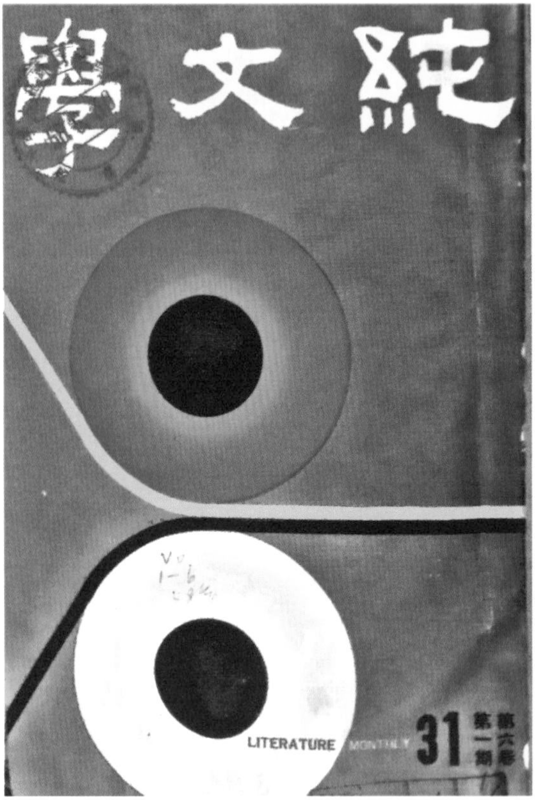

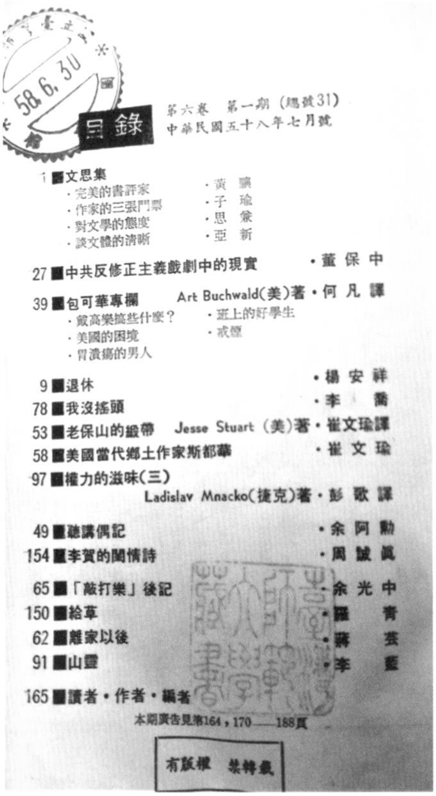

目錄

第六卷 第一期（總號31）
中華民國五十八年七月號

本期廣告見第164，170——188頁

有版權 禁轉載

▲《純文學》一九六九年七月號六卷一期（總號三十一期），國立師範大學圖書館藏。

▲目錄頁，《純文學》三十一期。

新區，道路寬整，林蔭悅目，市容亮麗，設施完善，大樓連雲而起，名店沿街而開，奪走西門舊城風采，成為市民居住新寵。

對這個現象，余光中就曾為文抱怨過：「台北是愈長愈高了，長得好快，七〇年代八〇年代在城的東北，在松山機場那一帶喊他。未來在召喚，好多城南人經不起那誘惑，像何凡、林海音那一家，便遷去了城北，一窩蜂一窩鳥似的，住在高高的大公寓裡，和下面的世界來往，完全靠按鈕。」其實，余先生的說法也不盡然。林海音住的永春大廈，距離忠孝東路大街不足二十公尺，入夜當然十分熱鬧。再往下走過兩三條巷子，到我住的地方，那裡還是十分幽靜的。

林先生主編《聯合報．副刊》十年（1953-1963），眼光獨到，判斷精準，提拔本省外省人才，鼓勵學院內外後進，推廣創作，不遺餘力。她為人巾幗不讓鬚眉，個性豪爽俠義，有丈夫氣慨，待人坦蕩光明，做事果斷有效，文壇人脈相當深廣，在台北編輯群中，難有出其右者。後來因為刊登諷刺當朝的新詩，遭到撤換，她並不氣餒，一本愛護作家的初衷，繼續創辦《純文學》月刊及出版社（1968-1995），更進一步，聚集了海內外的作家學者，發表出書，為純文學，搏得「中國第一個文學專業出版社」的美名。

一九七九年，林先生率台北作家代表團，訪問東南亞諸國，我有幸隨行，得以親身體會林先生對晚輩照顧的大家長風範。大家在一起，除了正式拜會外，還有許多餘興活動，例如好奇的聚成一團，皺起雙眉大啖榴槤，或騎上大象四處招搖之類的，沒大沒小，十分愉快。

這次旅行中，我發現林先生有興趣蒐集與大象有關的飾品及藝術品，家中玻璃櫃中更是擺滿了各色大象小象。我對林先生說，明朝人喜歡繪畫或雕造〈洗象圖〉，有「萬象更新」、「太平有象」的寓意。「羅青，你說得不錯。我們民國三十八年來台，匆匆已經過了三十年，這一段難得的太平日子，應該好好珍惜。這一點，我們逃過難的人，感受最深。」言語之間，好像完全把編聯副時所遭的劫難，拋諸腦後了。

如今回想林先生說的這三十年，正是「人才紅利時代」在台灣爆發的全盛期。而夏府的客廳，在她的主持下，好像一個小型的文化人才「核能反應堆」，當時所發揮出來的文學能量的熱與藝術電力的光，一直持續到現在，令人緬懷不已。

從出點子到出書

一九八一年初，我在夏府客廳，初識大地出版社長姚宜瑛女士（1927-2014），她知

▲一九七九年作家東南亞訪問團。林海音（左），羅青（右）。

道我入選國中國文課本的〈水稻之歌〉一詩，尚未結集出版後，便力邀我在「大地」出版詩集。「集名就訂為《水稻之歌》好了！」她爽快的建議。

那時我已出版了三本詩集，分別為《吃西瓜的方法》（幼獅版，1972）、《神州豪俠傳》（武陵版，1975）、《捉賊記》（洪範版，1977）；每本詩集的名字都「名不驚人死不休」，第一本常被歸入食譜類，在書店的書架上，與傅培梅成了鄰居；第二本進了武俠小說出租店，左邊是金庸，右邊是古龍；第三本不用說，當然是上架成了偵探小說，與牛哥李費蒙混在一起。本來第三本詩集也想用一個別致的書名如《早起打呵欠時所見》、《讀不下書的時候》、《蒼蠅族》、《假如我沒有變成一棵松樹》……之類的。不過，既然初次相識的書市專家「姚大姊」，慨然邀約出書，又已開了建議書名的金口，我不好拒絕，只好順水推舟，從善如流了。

老實說，我之所以如此痛快答應，還是因為自己心裡，也打著一個小算盤。我想〈水稻之歌〉，既然已收入國中課本，算是免費宣傳廣告已出，應該是詩集暢銷的保證，既然如此，取一個正常而普通的書名，又有何妨？不料，詩集出來，銷路居然平平，一印三千本的書，只印了兩三印，便難以為繼了，還不如前面幾本詩集銷量的一半，弄得我納悶不已。

後來有一天，我搭公車自師大返家，乘客擁擠，我被擠到兩個嘰嘰喳喳的國中女生前。其中一個說：「喂，明天考國文，重點在哪？」另一個答道：「這三課，最重要，其他可以不看！」「那這一課呢？」「喔，這課簡單，根本不會考，就算考，也就考這兩題，一是〈水稻之歌〉作者為誰？答羅青、羅青哲都對，二是這是什麼詩，答新詩、現代詩都對，簡單啦！不必準備。」我這才恍然大悟，作品一旦選入教課書，成了考試題目，便成了叫人皺眉的發愁貨，絕非作者之福。

我與姚女士這邊有關出書細節以及封面設計的討論，剛剛告一段落，林海音與琦君那邊，立刻緊急召我過去。「琦君要出一本關於宋詞賞析的書，我們討論了半天，找不到恰當的書名，羅青，你是出名的點子王，說是最會取書名。」

「這容易，既然是講宋詞賞析的，我看……就叫《詞人之舟》好了，可以渡一渡一般讀者，看完此書，便可捨舟登岸，鑽進詞家的閬苑琳瑯、琅嬛福地。」我胸有成竹的脫口而出，還不忘加了一句：「若蒙採用，我免費奉送封面設計，因為我有一張小畫，正好適合做此書的封面。」回答一氣呵成，有如事先知情，早有宿構。琦君聞言，連聲稱奇，並打趣說：「早知道你有這買一送一的快捷本領，前面的幾本書，也該找你，免得每次出書，都為取書名找封面而煩惱半天。看樣子，你可以當純文學的出版顧問了。」

我之所以能立即想到這個看似現成的書名，是因為我自己正在寫一本介紹分析英美詩歌的書，名叫《詩人之橋》，準備做我在師範大學英語系開的「英美詩歌選讀」課的參考書。當年，余光中先生受聘入香港中文大學任教，把我從輔仁大學延攬到師大，接替他的課程，以便遙接梁實秋先生的傳統。我不敢大意，不寫出一本書來，不足以報先生之雅意。從《詩人之橋》到《詞人之舟》，不過一聲一字之轉，聽到有人緊急問計，當然就順口一溜，毫不費力的溜了出來。

不久，《詞人之舟》（1981）出來了，封面既古典又現代的圖式，獲得許多好評。林先生一高興，便打電話約我，要請吃飯，謝我免費書名設計之功。「餐廳就在你們巷口的『羅曼蒂』，我們吃法國大餐，還找了楚戈、鄧禹平與席慕蓉，你們是老朋友了吧？」當時的羅曼蒂法國餐廳，是台北最貴的高級餐廳之一，門口經常有外交部的黑頭禮賓車排成一列。我雖然就住在旁邊，但還沒有大膽一試的機會。

吃法國餐，當然少不了蝸牛、鴨肉與紅酒，賓主盡歡之後，林先生說明請客的用意。「天下沒有白吃的午餐！」她套了一句當時最流行的用語；「我請四位來，是看中你們都是詩畫兼通的能手，能不能繳出一本詩畫集來，給我們純文學出版，可以加一些

▲一九八一年《詞人之舟》（純文學）。
▼一九八一《水稻之歌》（大地）。

▲一九八二年五月，羅曼蒂法國餐廳。左起，羅青、楚戈、林海音、鄧禹平。

彩色插頁，印得精美些。」那天，楚戈與我都酒足飯飽，十分享受，又聽說要給我們出詩畫集，高興得連飽嗝都不小心打了出來。

過了兩年（1984），鄧禹平的《我存在，因為歌，因為愛》（楚戈、席慕蓉圖）、楚戈的《散步的山巒》與我的《不明飛行物來了》先後出版，採大三十二開本，封皮用銅版紙彩色精印，別致又大方。我的書，封面顏色是沉穩的香蕉金黃，印上黑粗體的書名，分外醒目，再配上我畫中貼灑的金箔，閃閃生輝於夜暗之中，透露出一股神祕莫測的力量，是我出版過的詩集及詩畫集中，封面最為典雅亮麗又幽深玄妙的，

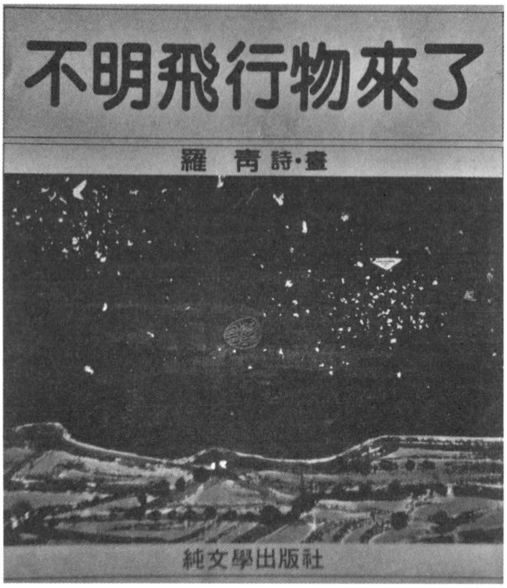

▲一九八四年《不明飛行物來了》（純文學）。

成了我最成功的封面設計之一。

不過，當時台灣詩集的銷量，已有下滑的趨勢，不復民國六〇年代中後期的盛況。如此精美的書，也只印了二、三印，就難以為繼了。相較於純文學其他的暢銷書，如彭歌譯的《改變歷史的書》、子敏散文集《小太陽》、王藍長篇小說《藍與黑》、紀剛的《滾滾遼河》等歷久不衰的長銷王牌，我詩集的印數，只是他們的零頭而已，實在是太小兒科了。

從壽宴獻詞到餃子辯論

一九八八年，林先生七十大壽及

夏林金婚紀念合併舉行，席設仁愛路福華飯店，指定由我來獻詞。夏氏一門，兒子夏祖焯（筆名夏烈）、女兒夏祖麗、女婿莊因、張至璋、媳婦龔明祺、姪子夏陽，都是頭上生角的才子佳人，那裡輪得到我來上場。但這是林先生親自點名，我也只好硬著頭皮答應。因為當時我忽然想起，我的學生小說名家張國立在《草根詩月刊》所譯的三好達治名詩，詞意絕妙，正好可以派上用場。

祝壽婚慶場合上的致詞，最難討好，不是淪為阿諛奉承、歌功頌德，就是陷於如此這般、陳腔無趣；講話不宜過長，長則聽眾食客耐心消磨殆盡，場面失控；不宜太短，短則顯得致詞誠意才情不夠，賓主掃興；不宜太深，深則各色來賓難以及時消化，不宜太淺，淺則高朋俊彥難免哂然訕笑。

上台演講致詞從不帶小抄的我，這次為慎重起見，準備了一紙草稿，信心滿滿，上台致起詞來，大意是說，夏府男權僅只榮譽崇隆，而女權才真正實際至上，因此「林海音何凡」這組甜蜜的密碼，翻譯成白話文就成了：「林間松濤化海濤，潮音回響入雲霄，何其平凡又不凡，文壇詩壇仰彌高。」接下來，我提高聲音說：「林先生編副刊、編雜誌、編文學叢書，照顧服務提攜大家，超過三十五年，的確是我們的大家長！」隨後，我便順理成章的引用起三好達治的句子：

▲一九八八年林海音七十壽誕。

海呵，在我們的文字裡，
你的中央是母親；
而母親（mère）呵，
在法國人的文字裡，
您的中央有海（mar）。

「謹以此詩，向我們的守護神大褓姆，致上最誠摯的祝賀。」

為了使場面，在我之後，再掀高潮，我柿子挑軟的吃，狡黠的補了一句，「其實今天最該上台獻詞的，應是夏家英才們，尤其是美麗大方的媳婦龔明祺，她一口流利的蘇州話，已達吳儂軟語的極致，可以把大家的耳朵都聽出油來，現在我們以熱烈的掌聲，恭請她上台。」此言一出，果然惹得台下為之騷動，我也就順利下得台來。

進入九〇年代初期，林先生喜歡起個大早，到附近國父紀念館前的公園廣場，去散步做早操，常常遇到我父母親。我母親少時在北京上小學初中，比林先生小九歲，道地的兩個京片子，遇到一起，常有聊不完的話題。

後來，有一次，林先生在晨操運動時，因水泥地久了，難免粗糙不平，走路一不小心，摔了個跤，大臉朝下，跌了個結實，臉面鼻唇嚴重受傷，休養了好一陣子。這件事，還是我暑假出國回來後，由母親親口告訴我的。那時，夏府已搬到國父紀念館旁的逸仙路上，類似七〇、八〇年代永春大廈中的豪情熱絡聚會，已成絕響。

回想有一次，參加夏府聚會，我因事走得最晚，客廳裡只剩下林先生在收拾東西。她送我到門口時，突然問我：「你媽媽包的餃子，你一次最多能吃幾個？」我愣了一下，含含糊糊的說：「一般可以吃十八個，餓的時候，最多一次可以吃到二十二，算不上能吃！」我心想，這這……這不會是嫌我吃多了吧？

「我就知道，你嫌我們家餃子不好吃，我剛才注了意，從頭到尾，你只端了一盤，頂多不過十一、二個！」

我一面按電梯，一面慌忙搖手道：「不是府上餃子不好，老北京的手藝，能差到哪裡去？是你們家的客人太健談，光聊天還來不及，哪顧得上吃！」

「誰叫你們家，吃餃子還額外準備一大盆廣東油雞，還有一堆小菜！」我一邊進電梯，一邊回頭用手勢誇張的補充說：「難道沒看見，我不還啃了個大雞腿嗎！」

註：

北京五四新文學運動至今，已屆百年。百年間，作家兼辦出版社者，時有所見，然如林海音先生主持之純文學出版社，出書不算最多，但能凝聚數代文壇人心，不斷鼓勵年輕新秀，不時濟助貧病弱者，卻不多見，譽之為百年第一文學出版社，當不為過，值得後人紀念。

果汁先生藍與黑

——懷老四大名嘴王藍先生（1922-2003）

果汁王隨叫隨到

有一年春節過後，住在隔壁巷子的王藍先生，打電話約我一起參加他與老友在敦化南路驥園餐廳的聚會，一起喝杯春酒。「大家來聚聚，我每年都這樣，人多好點菜，你先去，替我招呼著，我隨後就來。」他如此囑咐道。

餐廳距我家不遠，走路七八分鐘可達。為了不失禮，六點鐘的餐會，我五點四十五分就到了。櫃台小姐招呼我進入包廂，《中央日報・副刊》主編孫如陵與《中華日報・副刊》主編蔡文甫，已經赫然在座。大家一陣寒暄之後，孫如陵大聲問我：「怎麼果之沒一起來？」我還來不及解釋，站在旁邊的包廂服務小姐，立刻把話接了過去，大聲對門外喊道：「果汁快來！」喊話甫落，只見一名抱著三瓶各色果汁的小姐，走了進來，口中輕快的叫著：「來了來了，果汁來了！有柳橙、芭樂（番石榴）、蘋果！」

「這個王藍不得了！」蔡文甫側頭嘟噥著：「餐廳小姐居然個個都認識，名氣實在太大了。」此時，王藍剛好跟著服務小姐後頭，走了進來，大家見狀，都笑成了一團，弄得他丈二和尚，摸不著頭腦，也跟著我們一起，誤打誤撞的笑了。

原來王藍先生字果之，另有筆名，也是果之，結果莫名其妙成了有名的「果汁先生果汁王」。他老人家小說水彩雙全，是一九一五年後出生「人才紅利時代」第二梯次的要角之一。如果說，寫小說的王藍，是雙手沾滿黑色墨水的嚴肅作家「黑王藍」；那畫水彩的，就是滿臉塗抹藍色顏料的悠閒畫家「藍王藍」。

「黑王藍」播音出場

我第一次聽到王藍的名字，是在收音機裡，那時我十歲，還是小學四年級的學生，他的成名作長篇小說《藍與黑》，剛剛由自家成立的紅藍出版社發行（1958），立刻受到了中國廣播公司的名導播崔小萍（1922-2017）的青睞，特別在晚間八點檔的黃金時段，以「小說選播：廣播劇」的方式推出，轟動一時。每當劇前報幕及音樂，餘音嫋嫋將停未停之際，男主角以低沉沙啞的聲音，輕唸小說第一卷的名句，也是該卷唯一的一句：「一個人，一生只戀愛一次，是幸福的。不幸，我剛剛比一次多了一次。」就是這句話，不知感動了多少男女老少死忠聽友。

三十歲就出任導播的崔小萍，是五〇年代台灣廣播界的奇才，有「廣播天后」的美稱，她所製作的週日晚間廣播劇及週一至週五的小說選播，都是風靡一時的經典節目，每當播出之時，幾乎到達全民收聽的地步。小說選播以《紅樓夢》打頭陣登場，接下來

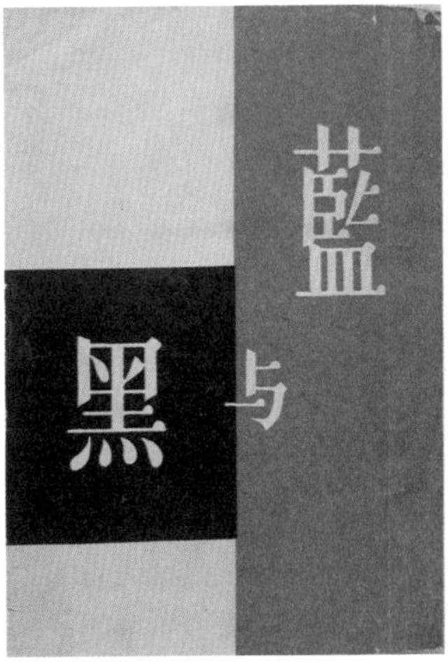

▲《藍與黑》（陳逸華提供）。

的小說，無不是一時之選，《藍與黑》能夠播出，對王藍作品的推廣，厥功至偉。

王藍回憶說，剛到台灣，生活艱苦，連一張書桌都沒有，只好以家中的一架破舊縫紉機為寫字台，趁太太縫補衣物的空檔，每天打游擊寫作，依據在大陸時所寫就的初稿大綱，斷斷續續，一寫寫了四十二萬言。結果，書出之後，暢銷了六十年，成了反映對日抗戰的四大小說之一。此書於一九七七年轉由林海音主持的純文學出版社印行，印量超過百萬冊；一九九八年又交由九歌出版社重排精印，又印行多次至今，破了近代長篇小說的出版紀錄。此外該書還多次搬上中外話劇舞台，改編成電影，製作成電視連續劇，名氣之大，一時無兩。

《藍與黑》出版次年，鹿橋（1919-2002）以抗戰時西南聯大為背景的小說《未央歌》（1959）在香港付梓，一九六七年轉由台灣商務印書館發行，五十年來，重印六十多次，也常銷不衰。《藍與黑》雖是浪漫寫實言情小說，但反共政治立場鮮明，充滿了國仇家恨大是大非敵我對抗之思。《未央歌》則是浪漫寓言言情小說，樂觀個人主義鮮明，充滿了如何在小我情愛與大我志業之間，安身立命的掙扎。王藍一九六〇年出版長篇小說《長夜》，描寫抗戰期間西南聯大的驚險政治惡鬥，則完全是《未央歌》的反面。這使我想起，一九三八年，梁實秋主編重慶《中央日報》副刊《平明》時，在〈編者的話〉中所揭櫫的徵稿目標：「於抗戰有關的材料，我們最為歡迎，但是與抗戰無關的材料，只要真實流暢，也是好的，不必勉強把抗戰截搭上去。至於空洞的『抗戰八股』，那是對誰都沒有益處的。」在當時引起了許多非議！這種不合時宜的自由主義理想，要在抗戰過後十年，才能在台港兩地同時實現。

不過「時間距離」與「美學距離」都太近，對小說家處理與民族存亡有關的大我題材時，十分不利，主要是因為作者讀者在人事立場及意識型態上都介入太深，在評價功過上，又常糾纏不清，影響敘事態度、角度的廣度與深度，無法超然而又無我的盡情挖掘。所以托爾思泰（Leo Tolstoy, 1828-1910）以一八一二年拿破崙揮兵侵俄為背景的小說《戰爭與和平》（1869），要在戰事過後五十年，才能完成。而美國大小說家克雷因（Stephen Crane, 1871-1900）以「南北戰爭」（American Civil War, 1861-1865）為背景的《英勇紅勳章》（*The Red Badge of Courage*, 1895），也要等到內戰過後三十年，才能寫出。中國關於抗日戰爭與國共內戰的小說，則要等到四十多年後，陳忠實（1942-2016）的《白鹿原》（1993）出版，才有了初步的進展。

「藍王藍」粉墨登場

王藍在《藍與黑》中，處理男女愛情，穿針引線的法寶之一是「京劇」，男主角兩次戀愛，「京劇」都扮演重要催化劑。王藍本人自幼就是戲迷，韶齡便隨父母兄姊出入戲院，看楊小樓、尚和玉、李萬春、余叔岩、孟小冬……等名角的表演，七歲時還與妹妹一起粉墨登過場，留下煞有介事的劇照一幀。

京劇成了他終身的愛好，雖顛沛流離於海峽兩岸而不改初衷。他喜歡閒來一人自拉自唱，在蒼涼的唱詞中自嘆自娛，或是召集三五好友夜宴聚會，大家優遊輪番清唱，相互呼應抒發一過，這成了他晚年最大的安慰。

一九五九年，他出版小說《長夜》後，經濟情況日漸好轉，生活進入安定期，得空專心回到他的水彩畫世界，重拾他少年時代的初戀，水與彩的舊情一旦復萌，創作便有如火山爆發，佳作迭出，驚動畫壇，許多雜誌都競相發表他的水彩作品。我就是在初中美術課本中，看到他的水彩作品〈林間〉（1962），覺得色彩溫暖又沁涼，筆法含蓄而有味，把山林清晨濕潤冷冽的空氣，表現得非常獨特，不同一般，遂產生了追模仿效之心。

▲一九二七年王藍六歲與妹妹演《坐宮》劇照。

▼一九八〇年王藍操琴自唱自娛。

當時台灣流行華裔美籍水彩畫家曾景文（1911-2000）的方塊留白畫法，利用水彩扁筆的特性，刻意讓筆頭分岔，簡便的畫出許多特殊又逼真效果，遙繼英國水彩的正宗傳統。然對正在寒玉堂學習筆法的我，總覺得西式水彩，用筆機械扁薄，韻味不足，畫面爽朗白亮有餘，幽深情趣則虧，不耐細品玄賞。而王藍的畫則不同，我們看他的〈維也納之晨〉（1976），以游絲之筆，畫晨霧中的電車、軌道、電線，似有若無，水融融的從夢境中，無聲浮現，又似乎轉瞬即逝，用筆簡之又簡，設色淡雅有味，深得國畫高古游絲描的韻致，充滿了詩意。

是的，王藍水彩畫的特色，就在筆簡意賅，色靜水幻，飛白點點，暗示豐繁，不題詩而詩情飽滿，不刻意而得意外之妙，與他的小說，大異其趣。

王藍的小說筆法，純屬白描敘事，少有景致刻畫，更無以景寫人映事的象徵暗示手法。四十多萬字的《藍與黑》，只在八章五十六節有一小段寫景之筆：

我突然想起多年以前往返平津道上，曾無聊地數著沿路的電線桿子；如今，那一柱一柱的電線桿與一排一排的電線，在我心目中變得奇異的美妙；天空是一大張光淨透明的藍色紙，而那一條一條的電線正如五線譜一般畫出在藍色紙上，無數的小鳥做了音符，在上面跳來跳去，譜出了令人陶醉，令人癡迷的樂章！

這段白描，筆法平常，境界通俗，對故事情節、人物個性，毫無影射，乏善可陳。不過，類似的意思，通過畫筆彩色，轉入〈維也納之晨〉一畫中，則立刻詩意充滿，情趣盈然，妙不可言，成了一張水彩傑作。可見王藍的詩意，不在文字比喻中開花，而在水彩筆法間綻放。

王藍的水彩風景，固然奇警動人，而他的京劇水彩人物，則更是神妙無比，光華四射。因為京劇是他的最愛，劇中人物的魂魄，已深入他的骨髓、化入他的血液，一旦揮筆，出之為水為彩，當然靈動照人。例如他的名作〈拾玉鐲〉（1974），把花旦的身段、扮相，全都凝固在一戲劇性的優美高潮動作之中，但見玉鐲誇張閃亮在地，玉手將拾未拾懸空，女子心內的意外驚喜與畫面四處晃動的流光，合而為一，讓觀者為之動容驚豔。全畫用色麗而不俗，豔而能雅，留白巧妙自然，水彩流動炫目，刻畫京劇人物，靈光如此照人，當世鮮有能及。

一九六六年，中華民國畫學會頒贈他「全國最佳水彩畫家」金爵獎。三年後，林語堂大師序他的畫集時說道：「王藍以水彩來寫意，然而空靈之美的掌握，與用寥寥幾筆

▲王藍〈維也納之晨〉，一九七六年。

▼王藍〈林間〉，一九六二年。

▲王藍〈拾玉鐲〉，一九七四年。

繪出全景的工夫，則是真正自中國文化中提煉熔化出來的。」稍後，精通京劇的張大千亦讚嘆道：「海峽兩岸畫國劇人物，王藍最好。」前賢論畫，言簡意賅，洵非虛譽。

王藍為人從容寬緩、大方體貼，處世謙和嚴謹、「溫直而擾毅」，以三國劉邵《人物志》觀之，是屬於「木之德」的人物，在藝文界，人脈甚廣，德望很高；但有一點，不能隨俗，那就是絕不輕易送畫，最多只以簽名複製品相贈。晚年旅居美國洛杉磯的王藍，在一次以〈活到老畫到老〉為題的演講裡，歸納自己做人的原則為「藝術三心」：一是純真童心，二是深厚愛心，三是虔敬虛心。這絕對是他說到做到的實話。

他曾任國大代表、中國水彩畫會會長、《文壇》社社長、文藝協會常務理事、國際筆會台北分會祕書長。畫名遠播後，曾應邀至美國俄亥俄州立大學東亞文學系暨藝術系客座，並由夏威夷大學東西文化中心授予「教授之教授」之榮譽。我後來有緣，也到夏大客座講學畫展，才發現，王藍當年在此，不但捐出所有畫展講學所得為獎學金，同時還捐贈了全套著作及許多台灣圖書，受到該校師生一致愛戴。不單在國外，在國內各項募款中，果之先生是向來果斷，不落人後的。

八〇年代初，台北國際筆會由翻譯名家殷張蘭熙任會長，王藍為祕書長，出版季刊 *The Chinese PEN*，對外發行。蘭熙女史熱衷當代文學外譯，翻譯現代詩人的近作為英文成一集，書名*Summer Glory*（《夏照》，1982），用卓以玉的墨彩畫為封面，倩王靖獻教授作導言，精裝出版。其中選譯我的詩多首，反應不錯，引起她再多譯一些的興趣。於是筆會正式邀請我加入為會員，不時隨團到世界各地去參加筆會年會，對會務有了相當的了解。王藍見機適時推薦我接替他，繼任筆會祕書長，並責令我在季刊上開設英文專欄，介紹中國文化。我先後寫了一些關於文房四寶及書法繪畫的文章，同時還投桃報李，抽空專文評介了他的水彩，向國際推廣。

大名嘴笑打圓場

團體出國長途旅行，如遇到口才便給，幽默風趣的遊伴，那真是托天之幸，求之不得。筆會一行人，有當時號稱「四大名嘴」之一的果汁王領隊，那保證笑口常開，旅途愉快。事實上，我早在多年前「夏陽事件」時，就領教了果汁先生的名嘴功力，真是席間談笑用兵，小酒半杯一杯，熱菜兩道三道後，便能化干戈為玉帛，令舉座盡為歡顏。

事情是這樣的，民國六十八年五月間，《聯合報》名藝術記者陳長華，寫了一篇訪問「五月畫會」主將韓湘寧（1939-）旅美的報導，其中提到紐約夏陽（1932-），似乎

▲一九八三年，王藍、余光中與羅青在委內瑞拉卡拉卡斯。

政治立場不穩。夏陽是名作家何凡（夏承楹）的姪子，民國四十五年他在台北與吳昊、李元佳、陳道明、蕭明賢、歐陽文苑、蕭勤、霍剛合組中國首個抽象畫團體「東方畫會」時，何凡曾在專欄《玻璃墊上》為文鼓勵，戲稱之謂藝術荒原上的「八大響馬」，名噪一時。陳長華的專訪見報，何凡、林海音夫婦連忙出面「滅火」，席設頂好商圈的永福樓，由人緣極佳的王藍出面，邀請陳長華、韓湘寧、吳昊、席德進……等熟識夏陽的藝術界人士一聚，澄清一番。我因為近幾年來每次訪紐約，必至夏陽畫室盤桓，故也應邀出席。

晚宴一開始，氣氛有些凝重尷尬，何凡與林海音均面無表情。以前在舊小說上讀到「粉面含威」，不知究竟是何狀況，現在看到林先生，不必加上「柳眉倒豎」，便已明白。大名嘴王藍，見狀馬上連說三個笑話，打開僵局，我見狀也適時接腔，幫忙打個圓場，讓「五月」、「東方」多年的老對頭，相互融融冰，碰個杯。

「夏陽整年窩在紐約畫照片兼修理古董家具，哪也不去！」我笑著說：「有一次我借用他的洗手間，看到牆上用毛筆歪歪斜斜寫了一首打油歪詩，叫〈抽水馬桶〉，彷彿記得開頭兩句是：

抽水馬桶稀嘩啦
東風西風去他媽

他說這叫『沖』抽水馬桶以『明志』，諸位放一百二十個心，夏陽絕對不會有『東風壓倒西風』的問題。」舉座聞言大笑，弄得林先生也不得不故意皺了皺眉頭說：「這種詩，我們純文學可不能出，實在是太——『純』了一點。」當晚王藍與我一唱一搭，像說相聲一樣，把長年「大誤解」化為一時「小誤會」，酒過三巡，歡樂收場。宴罷大家意猶未盡，一起散步到王藍位於永春新廈的畫室，繼續開講，聊至午夜方散。

還記得王藍那晚說的笑話之一，完全從相聲的說、學、逗、唱絕活變化而出。他一臉嚴肅，學南北各省的口音，調侃當朝幾位大員，活龍活現，唱作俱佳。話說一天，教育部長浙江人黃季陸打電話給故宮博物院長湖南人秦孝儀，黃問接電話的人說：「你哪一位呀？」秦鄉音濃重的回答：「我——請教你！」黃愣了一下，回說：「我，忘記嘍，你到底是哪一位？」「我就是『請教你』呀！」二人正在糾纏不休，雞同鴨講，難分難解之際，忽然另外一只電話響了，秦伸手過去接起話筒便問：「哪一位？」對方答：「我不講呀！」於是秦厲聲問道：「你講不講，不講，我掛了！」對方急忙答道：「講不講，講不講，我就是『講不講』呀！」原來打電話的是外交部長蔣彥士，他蔣部長，也是個浙江人。那天晚上，果之先生一連串的風趣，真讓我見識到，什麼是正宗名嘴。

不過，我之所以用「懷老四大名嘴」為文章的副標題，是因為他曾在一次餐敘盛會上，鄭重、寬厚又戲謔的公開「冊封」我為「當代四大名嘴」之一，自己謙稱為「老四大名嘴之末」。從他巧妙避開「四小名嘴」、「小四大名嘴」的用心，便可見其為人是如何的謙慎周到。而且他怕口說無憑，特別在新出版的畫集扉頁上，詼諧的親筆留下「字據」，有如頒發證書一般，雙手奉上給我，遂流傳成一則不大不小的笑談。

——原載《聯合報·副刊》二〇一七年十一月九至十日

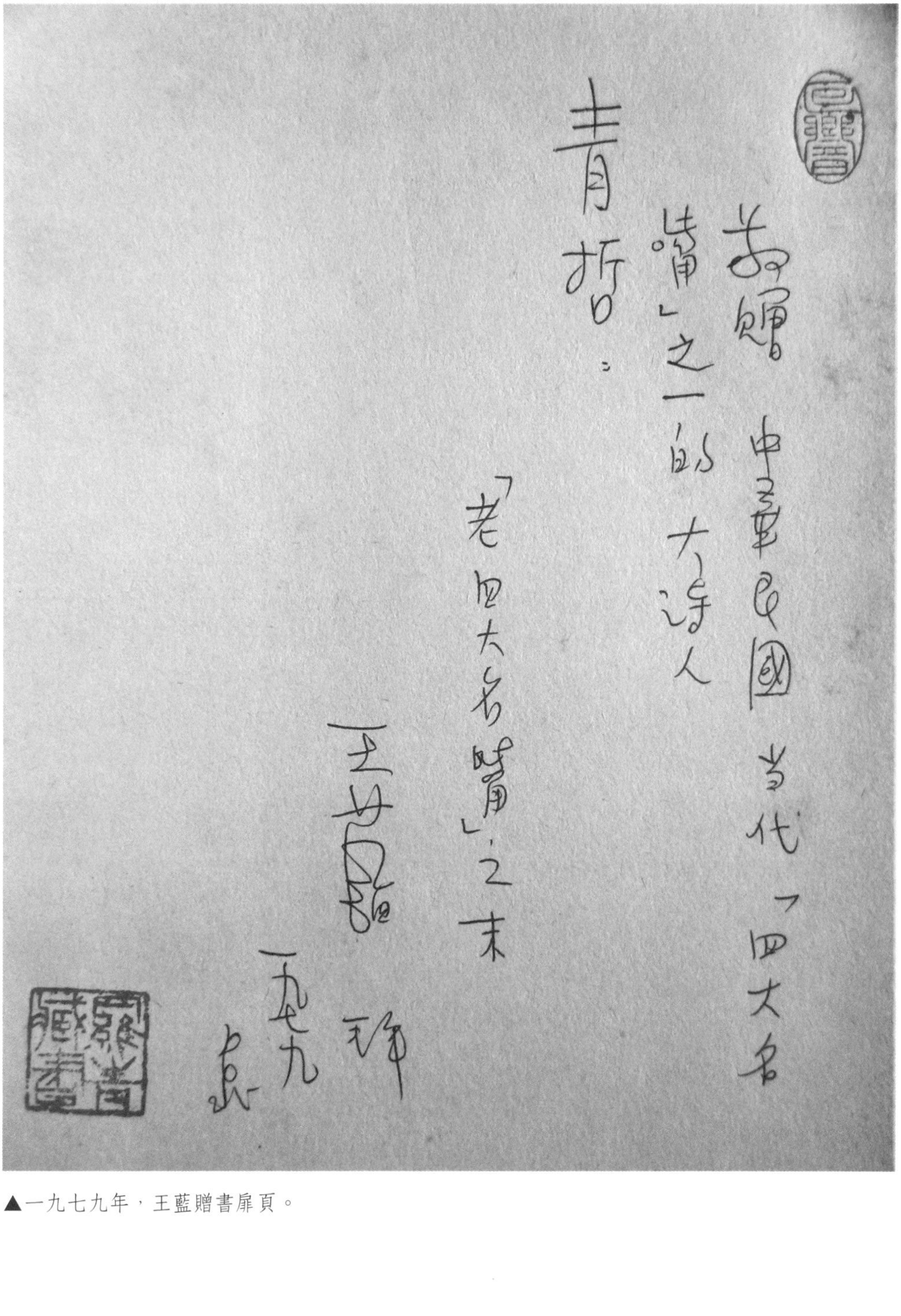
敬贈 中華民國 當代「四大名
嘴」之一的大詩人
青哲：
「老四大名嘴」之末
王藍 贈
一九七九

▲一九七九年，王藍贈書扉頁。

怡安車庫一怪客

——憶柏楊（1920-2008）

一九七〇年代初，我在美國留學時，父親從基隆太古輪船公司退休，遷居台北東區的怡安大廈，在敦化南路與忠孝東路交叉口一帶，屋子寬大舒適，位置鬧中取靜，向西是頂好商圈、中心診所，向東是延吉小吃街、國父紀念館與聯合報大樓，都在步行可達的範圍，十分適合退休生活之開展。

自美返國在台北縣新莊輔仁大學任教的我，自然也就順理成章成了台北人，與父母同住，美其名為克盡孝道，實際上是圖個吃住方便。即使後來結了婚，每天晚上，還是奉母命回家晚餐，因為我們小倆口租住的新居，就在百十來公尺之遙的巷口，廚房從不開火，成了「父母在不遠『居』」的典範。

怡安大廈建於六〇年代末，是台北最早的磁磚貼壁四連棟七樓電梯車庫大樓，擁有很大的一層地下室，在四周都是水泥洗石子的四樓公寓中，顯得鶴立雞群，十分搶眼。雖說是七樓，但其地下室，只做防空避難使用，大車庫則十分罕見的設在一樓，也就是英國人所謂的ground floor，必須使用外面的橋梯直上二樓也就是first floor，方可進入住家大門及大門內的電梯。當時，私家車還不太流行，我住的這一棟，地面一樓內有四個車庫，外有四格露天停車格，只有一輛凱迪拉克停在車庫中，主人假日開出來發動一下，又退了回去。其他的車庫都僅僅用來堆雜物而已。時至今日，這些原來無法編門牌供水電的大車庫，早都經過各種「巧妙的法律程序」改頭換面，成了奇貨可居的精品店面了，其中狡詐玩法弄權的過程，曲折離奇氣人，連住在頂樓的姚冬聲姚大律師，都搞不好，其混帳過程，可以寫一部小說。

一九七七年端午節前後，一天，我下課較早，五點多就回到怡安大廈，閒閒歪在客廳窗台邊，翻看報紙。忽然聽到一個人，嘩啦一下，拉開鐵捲門，從地面一樓的車庫中走了出來。我定睛一看，此人身著背心式無袖汗衫，短褲，露出兩條細瘦的白腿，腳上倒是鞋襪整齊，而且穿的，不是一般的塑料拖鞋，竟是擦得賊亮的一雙新皮鞋。樣子非常古怪滑稽，好像童話插圖裡「穿新衣的國王」一般。

更怪的是，他像是在散步，但又好像是在行軍，只見他頭也不抬，規規矩矩，順著車庫前的停車格，勇猛踱步，不疾不徐，旁若無人，規律異常。偌大個台北市，他只取四格停車格而行，完全無視於幾十公尺之外的大千世界、十丈紅塵。

晚餐時，我才聽父親說，樓上的楊子先生，要把車庫裡的東西，暫時寄放在我家車庫，因為有位朋友要來借住一段日子。這位朋友不是別人，就是大名鼎鼎，剛剛從綠島，也就是從專門關押政治犯的「火燒島」，放出來的柏楊先生（1920-2008）。

民國五十七年，柏楊因代班主編《中華日報．家庭版》，藉刊載美國連環漫畫《大力水手》（*Popeye the Sailor*）之便，改動譯文，描寫大力水手父子，流落小島，樂不思蜀，各自在島上競選總統，弄出一場鬧劇。國府情治單位認為這是有意暗諷蔣中正父子，依法確立罪名，判處有期徒刑十二年。柏楊入獄七年後，老蔣總統過世，由財政專家副總統靜波先生嚴家淦繼任，成為首任人文總統。是年，柏楊獲得減刑三分之一，於關押九年後，民國六十六年四月回到台北。次年五月，蔣經國當選新任總統，柏楊則早已搬出了車庫，成了當紅的暢銷書作家，而且還梅開五度，閃電把婚結了。

我父親不是國民黨員，雖是湖南湘潭人，但對中山先生的三民主義，卻十分服膺推崇，一心擁護國府，對柏楊這樣的異議分子，雖然不像他朋友們那樣反感，但也無心與之為友。此番因為受楊子先生的盛情所感，才答應拔刀相助。

說起經濟專家楊子先生楊選堂（1921-2011），可是台灣報業數一數二的奇才。他一直在聯合報服務，不但為該報另創《經濟日報》、《中國論壇雜誌》，長期擔任這些報紙，外加《聯合晚報》的總主筆，還抽出時間寫廣受歡迎的「楊子專欄」、「楊子漫談經濟」、「楊子論衡」等欄目；同時他還是言情小說高手，著有《慾神》、《變色的太陽》等多部，十分暢銷，《變》書還改編成電影，由當紅影星秦漢、甄珍主演，轟動一時。他又出版有雜文集十幾部，如《精神的裸體》、《感情的花季》、《描夢記》……，經濟論文集如《經濟理論活用》、《經濟小品》……等，也都頻頻獲獎。

我與楊子相識於眾多藝文場合，然在怡安大廈出入相遇時，卻很少互動。每次見他與家父有說有笑，我一過去，他便藉故離開，似乎不太願意與我攀談。久而久之，我也就知趣而止，見面點頭問好，不再刻意寒暄。直到數十年後，楊子因病入院，報紙上爆出遺產官司，才真相大白。原來他在怡安的寓所，一度曾是風流世間極機密的金屋藏嬌之所。後來紅顏薄命，不幸早逝，楊子念舊，沒有及時處理房產，遂導致後來的產權糾紛。

自從知道柏楊就住在樓下車庫後，便常常在他散步時遇到，次數多了，不免主動上前打個招呼。不料他卻爽朗大笑說楊子早就介紹過了。此後在門口相遇，不時駐足聊上幾句。一次我客氣的邀請他一起晚餐，他卻告訴我說：過去幾年，已養成五點進餐，餐後散步的習慣，一時之間也改不了，在此心領了。

有一次，我與他聊完天，轉身上樓時又被叫了住，他欲言又止的說，詩人作家實在是最危險的行業，你們搞《草根》詩月刊，要小心了。距今二百年前，浙江舉人徐述夔，就因《一柱樓詩》中有「清風不識字，何必亂翻書」、「舉杯忽見明天子，且把壺兒抛半邊」的句子，死後還禍延子孫，禮部尚書沈德潛也因〈詠黑牡丹詩〉中的「奪朱非正色，異種也稱王」，慘遭鞭屍。

我那時正在研究沈德潛編的《古詩源》，對上述文字獄的種種，早已耳熟能詳，總以為是年代久遠的乾隆舊聞，不想經柏楊這一提醒，才意識到，這也不過就是二百年前的事而已，在二十世紀中期，仍然是國人生活中活生生的真實。我哪裡知道，柏楊一語成讖，後來《草根》也幾幾乎乎遇到了類似的麻煩。

柏楊住車庫的日子，來探望他的朋友不多，記得他第三任妻子生的兒子，曾來看過他幾次，此外就是數家出版社的老闆不時出現。半年後，他沒打招呼就搬離了怡安大廈。當年十二月底，他寄來了編寫多年剛剛出版的精裝《中國歷史年表》二巨冊一千三百多頁，體例與內容，都很別致，與正派史學寫法不同，立刻成了長銷書，重印再版了十幾次。這部年表，是他在綠島被罰在圖書館作「苦役」的成果。他趁每日整理圖書報紙之便，用吃剩的飯粒，把幾張舊報紙黏成一塊大硬紙板，充當書桌，苦讀勤寫，終於成書。我翻到一七七七與七八兩年那頁，記的都是那天談的文字獄史料，讀來果然生動有趣。

七〇年代末期，正是我意氣風發的時代，除了教書、演講、畫展，還與好友組「草根社」，遙承徐志摩《新月》、周作人《語絲》，近續余光中《藍星》、瘂弦、洛夫《創世紀》，出版同仁刊物《草根》詩月刊，準備一新詩壇氣象，擺脫老現代詩的晦澀難解，另外開闢後現代的明朗新天地。當時響應加入的學生、詩人、文友如張大春、張國立、紀蔚然、童大龍（夏宇）……，現在都成了文壇名家重鎮。

其中詩人邱豐松，也是最早受邀加入的成員之一。他是台北一女中的國文老師，約在《草根》三月號時因投稿與我相識。下面是他寄給我的小詩〈日子一葉葉翻過去〉，妙想出塵，筆鋒燦然：

日子一葉葉翻過去，把我翻成一部書
作者是上帝，他是真正的天才，鬼才

你們走過一條街是他的一句警策
二個禮拜一首十四行，萬人傳誦
一個月每人都買他一本小書三十頁
站牌告示訃聞墓碑……的標點你們不會使用

乞丐至君王的腳步奔跑走動都是他的書寫
寫在大地寫在天空有時潑墨作畫
風雲的揮灑日月星辰的文字
他的作品永遠不朽，我是他的傑作之一

記得初次相約見面那晚，他騎著大馬力的黑色摩托車，背後還趴著一位長髮及腰、面如滿月的女子，呼嘯而來，真是名車美人，春風得意極了。大家相見，晤談甚歡，直到臨走，他才不經意的介紹，隨行而來的是建國中學的國文教師，也會寫詩，筆名孟梁。

因為我編的是月刊，每期都緊迫非常，此後他們二位，不時積極參與《草根》，協助編務。那個年頭，在學校擔任講師的我，夜間部也要排課。每到月中，若是選送打字行的稿子，晚幾天送來，我便無法抽出時間來剪貼排版，月刊就要脫期。邱、梁二人常自告奮勇，晚上遛至我父母家的大餐桌上，幫忙編輯，度過難關。

不久，邱豐松送來他的處女詩集《詩三十五》，我沒時間為詩集寫序，但卻為集子繪畫設計封面並題字，他特別在書中扉頁，親筆題詩一首，回報我的好意。後來，我發覺他的近作，忽然變得有些淒厲酸楚，其中大有蹊蹺。一問之下，才知道他正在鬧離婚，神情萎靡，沮喪不堪。

過了幾個月，一天晚上，他忽然飛騎摩托車，大醉來到我家，哭鬧嘔吐一陣後，不發一語，頭也不回，又騎車飆然離去。好在當時台北汽機車沒有後來那麼多，不然，後果凶多吉少。從此邱豐松便在台北詩壇消失了，音信沓然，再也沒有寄來新作發表。而與他同進退的孟梁也就與《草根》失去了聯繫。

不久我收到了柏楊寄來的囍帖，粉紅的箋紙上端，印了個大大的囍字，至於新郎、新娘下印的是：新郎郭衣洞（柏楊），新娘張香華（孟梁）。

註：

因為事先答應到台中東海大學演講，柏楊的婚禮我沒能參加。

一次，遇到《藍星》主編詩人羅門（1928-2017），他告訴我說孟梁原是跟《藍星》已故大老詩人覃子豪（1912-1963）的。

卷二　懷梁實秋（1903-1987）

我的「敵人」梁實秋先生

——一篇寫了一半的紀念文

從二十七年前開始

「梁實秋先生是我的敵人！」

這是我在梁先生七十五歲生日宴上發言時的開場白。那天，財神酒店裡，梁先生的門生故舊，濟濟一堂，溫馨又熱烈的為梁翁祝壽，大家紛紛獻辭，場面十分感人。在眾多前輩高人之前，本來輪不到我來說話。但是主席余光中先生點名，說我是當日與會者，最年輕的一個，理當發表一點感想助興。美意當前，我不好過分推辭，便大膽的站了起來。沒想到，一開口，竟然是這麼一句話。大家聽了，固然是面面相覷，不知如何是好。就連我自己，也是心頭一愣，不得不急急忙忙的，加以解釋了起來。

「打從我念初中一年級開始，也就是民國四十九年，便與梁先生在英語課上結了『仇』。當時學校採用的課本是遠東版的初級英文，封面上大大的印著『梁實秋主編』五個大字。放學回家，到書店裡去買中學適用的遠東版最新英漢字典，上面印的還是『梁實秋主編』幾個大字。就這樣，從初中念到高中，六年英文讀下來，大考小考模擬考外加大專聯考，翻來覆去，每日總少不了要與『梁實秋』三個字為伍，直念得我頭昏腦脹，咬牙切齒，連作夢都在考英文。」不解釋還罷，一解釋，反而更糟，真是越描越黑了。

「不過，上大學之後，事情便開始有了變化。我考上的是輔仁大學英文系。才念大一，便迷上了莎士比亞的警句妙語，明喻暗喻，覺得新奇無比。這時候，梁先生所譯的莎士比亞，註解詳盡，意思暢達，立刻成了我在莎翁英文大海中的『救生圈』，抱之不放，日夜捧讀，幾乎達到廢寢忘食的地步。一年下來，竟把眼睛給弄近視了。從大二開始，我戴上了眼鏡。人家笑我，高中三年，都沒有近視，考上了大學，反倒變成了四眼田雞，真是『反常』！」

「我無辭以對，只好說：『這都是梁實秋害的。』」

接下來，我話鋒一轉，開始講我與梁先生「化敵為友」的經過，把前面那些「語不驚人死不休」的話，一一化解，轉危為安，使大家心中為之一寬。而梁先生則始終面帶微笑的坐在壽星席上，看我這個後生晚輩，耍嘴皮子，絲毫不以為忤。

事後，梁先生淡淡的對我說：「你們湖南湘潭人公開與我為『敵』，不是第一次了。」說罷，莞爾一笑，大有「談笑間，強虜灰飛煙滅」的味道。我知道他是指剛剛去世不久的毛澤東。毛在「延安文藝座談會」上點名批判梁先生，早已是天下皆知的事情了。

從十五年前開始

民國六十年，我從軍中退伍，在貿易公司上班，專辦成衣雜貨外銷。那個時候，是台灣外銷景氣最旺的一刻，公司大賺其錢，我也連連加薪，真可謂形勢一片大好。然而，當時的我，除了工作賺錢外，心思全都放在第一本詩集《吃西瓜的方法》上，希望在詩集出版後，出國去念比較文學，繼續在文學藝術上求精進。

那年秋天，余光中先生剛從美國回來，對國內詩壇的發展十分關心，對年輕詩人的鼓勵更是不遺餘力。旅行遷居的勞頓尚未完全消除，他便在百忙之中，抽空約見青年詩人，交換對詩的看法及心得，興致高昂，神采飛揚。

言談之間，我不但表示了我對新詩發展的看法，同時也以一個英文系畢業生的身份，吐露了我對自己未來的抱負。

「在英文系的前輩之中，我最佩服的就是梁實秋先生。我的理由有三。第一是他能在研讀教授外文之餘，選擇自己所喜愛的文學名家，翻譯他的全集。第二是他能積極介入文壇，在自己專精的領域中，發表深刻中肯的見解，成為時代浪潮裡的中流砥柱。第三是除了學術功力外，他還有創作才能，為中國新文學在散文方面，開拓了一片新天地，自成一家，精彩動人。我真希望能在出國之前，拜訪這位英文系的老前輩，當面請益，做為今後求學的指南，並完成我面謁一代散文大師的宿願。」當時我尚未察覺，梁先生還精於書畫，行書宗米趙，繪畫擅寒梅，不然，一定要加上這第四項理由。

余先生聽了我的話，頗有同感。他說：「梁先生除了在學術及創作上，值得我們效法之外；在做人處事上，亦足為後學表率，這麼多年來，他堅守教育崗位，從不做出仕的念頭，有為有守，實在是我們這一代讀書人的好榜樣。我已有多年未得空去探望他，現在回國了，理當去看看，問候一下。你如有意，我們可以約個時間，一同去。」

過了不久，余先生來信通知，說是已經約好了日子，是二月十九日，農曆正月初五，時間是下午四時。

記得當時梁先生住的地方離師大不遠，水泥造的圍牆，苔痕點點，淡綠色的大門，油漆斑剝，他親自應門，引我們走過一小段花徑，進入一間獨幢單層的小洋房。大家在套有沙發罩的大椅子上坐定後，便開始海闊天空的聊了起來。

梁先生知道我是英文系的畢業生後，便起身進入書房，捧出了兩本書來。一本是美國女詩人愛密麗迪金蓀（Emily Elizabeth Dickinson, 1830-1886）的詩選，由迪金蓀權威強森（Thomas Johnson）編纂，是難得的善本。梁先生笑著對我說：「我在報上看過你一兩首小詩，還留有剪報，這部詩選，你想必用得著，就留著做個紀念吧！」說罷，他拿起鋼筆，鄭重的在扉頁題上了我的名字。

另一本是《文字新詮》，紅皮精裝一大冊，燙金的封面，氣勢不凡。余先生有點驚訝的問：「前幾天在中央日報上，看到梁先生為此書寫的序，但卻沒有提及作者，不知何故？」梁先生笑道：「這是陳獨秀的遺作，三十年前，抗戰初期，陳被共黨排擠，落魄重慶，中央收留他，在教育部得一閒差。陳的門生故舊甚多，想要接濟，他拒不接受。後以此書稿，交給國立編譯館，得稿六千元，以為餬口。」他感慨的說：「陳乃一介傳統書生，年紀比胡適之、瞿秋白都大，政治上則近乎『托派』，實非政治中人。以他這樣背景，當然與共產黨格格不入。他晚年在重慶，已大悟前非，傾向民主了。」

「這本書，實在寫得好！」梁先生繼續說道：「雖然其中有些觀點仍源於唯物論，但論證精詳，見解通達，是其生平傑作，最能展示他的舊學根柢。事隔多年，我認為這部稿子，仍有價值出版，在我有生之年，總算了了一樁心事。」

接著，他話頭一轉，有一點淒涼的說：「這幾年來寫文章，寫來寫去，都寫的是一些老朋友。不過，我有一個原則，那就是死了才寫，不死不寫。前些日子，我寫了謝冰心，以為她已經死了，追懷了一番。不料近來凌叔華來信，說有人在大陸看過她。」「不過，既然寫了，也就不便忙著更改。」梁先生幽默的說：「以後總是要死的。」我想，於國內開放大陸探親的此刻，冰心在北京聽到這段話，一定是感觸良多，啼笑皆非的（謝冰心於一九九九年初謝世）。

梁先生知道我是在青島出生的，頓時興起了許多回憶：「我當時在青島大學做外文系主任，聞一多做中文系主任。有一天，有一位山東戲劇學校的校長，來青大找我，說是有一女學生父母雙亡，為親友迫下戲班，情況可憐，請我幫忙，替她在大學裡找一個半工半讀的差事。我答應了，見了那女生，說是叫李平平，也就是後來大名鼎鼎的『江青』。」

「江青在青大做了一陣圖書館的書卡抄寫員，後來認識了俞大維的姪子，不久便同居了。在戲劇學校畢業後，她到延安去勞軍。別人都穿得很樸素，只有江青一身華麗的打扮。毛澤東問她為何如此。她答曰：『我這是帝國資本主義下後方的現身說法。』毛聽了，大樂，認為答得好。」

談著談著，時間已晚。余先生與我準備告辭，難得梁先生談興正濃，叫我們多坐一會兒。他說：「這幾年，下午五時過後，便不出門。晚餐之後，九時入睡。不久前，孟瑤票戲，一票五百，送來兩張。起先說是要賣，後來看我沒有動靜，才改為送。我對平劇，興趣不大，更何況是孟瑤的戲。只好問她幾點開鑼，她答說是晚上七點。我便說：『我下午五時後，便不出門，九時入睡，根本無法去看好戲。你如一定要我看，那只有一個法子，那就是到我家裡來演。如果辦不到，那這兩張戲票，只有送給能去的囉！』」我們聽了，哈哈大笑，順勢起立，告辭出門。

梁先生客氣的送我們到門口，他一邊走，一邊自己埋怨自己：「都怪我自己訂下這本寫中文《英國文學史》的計畫。本來以為輕鬆容易，沒想到一下筆，才知道為學之不足，害得我天天要給自己惡補。早知如此，應該四十歲時，就開始寫了。如今我已經七十多了，不知何時才能寫完。」

此時，天色已完全黑了下來，巷口的路燈，暗暗的亮著；冬天的風，冷冷的吹著。梁先生扶著大門，說我的名字羅青，使他想起了夏菁；想起了多年前與夏菁同遊阿里山的事。他說：「大家都講，阿里山的日出如何如何！我與夏菁興沖沖的跑了去，卻覺得也沒有什麼。」說著說著，他在風中扶了一下衣領。

「現在回想起來，只記得阿里山上，冷得不得了，被子太短，沒法蓋，抽水馬桶也沒有，十分不習慣。」「而且！」梁先生頓了頓：「也沒有看到日出！」

後記：

十月初（民國七十六年），余光中先生來電話，說梁實秋先生八十六歲的生日快到了，他準備為梁先生編一本感性的祝壽文集，在生日當天，獻給他，希望我能夠寫一篇文章，記敘一些與梁先生交遊的往事；並且強調，事不宜遲，最好能在十月十五日交稿。

梁先生為人風趣，學問淵博，與我這個晚輩相交，自在悠遊，常常忘年。十幾年來，從他口中聽到過不少妙事軼聞，多半雋永可傳，每次拜訪他老人家，都是如坐春風，二、三個鐘頭，一晃而過。我早就想為文記敘，公諸於世。現在機會來了，當然不可放過，便在電話上一口答應下來。心想，這個題目，只要坐下來，三五千字，是一揮而就，頃刻可以成篇。

於是，我便開始計畫，如何把與梁先生交往的情形，生動的記錄下來。我第一次見梁先生的面，是在十五年前。但在此之前，也就是二十七年前，從我上初中開始，「梁實秋」三個字，幾乎是我每日必須面對的。因為它不但印在我的初高中英語教課書上，而且也印在我念大學時，片刻不離的英漢字典上。因此，我便決定從二十七年前，我第一次看到「梁實秋」三個字開始寫起，然後再寫十五年前，十四年前，十二年前……等，一路寫下來。

不料，當我寫完十五年前第一次與余光中先生聯袂同訪梁先生的經過之後，便忽然停筆，寫不下去了。一直拖到十月底，還是無法終篇。

心中正在為此納悶的時候，梁先生不幸病故的消息，出人意料之外的傳來，時間是十一月三日，政府開放大陸探親的第二天。他本來可以有機會回到他文章中、口頭上，常常提到的北平，去看看老家親人，看看他多年未見的女兒。可惜天意往往難從人願，時間總是冷漠無情。這就好像他上阿里山的經驗一樣，期待跋涉了半天，但卻沒有看到日出。

一張畫要了三十年
——憶梁實秋與張佛老（1907-2003）

梁實秋先生以《雅舍小品》的散文筆法，名滿天下，人盡皆知。他犀利的文學批評及舌燦蓮花的譯筆，也是無人不曉，但他擅畫梅花這件事，知道的人卻不多，連門生故舊，也多半無所聞。原因無他，由於先生珍惜筆墨，不輕易示人之故。

我與梁先生相識多年，書札往還，茶飯相酬，蒙他贈書、贈詩、贈書法，還不斷為我題畫，並主動為我首次畫展寫序評，就是沒有送過我梅花。先生不提，我也不好當面硬要，這事擫在懷裡，久久成了一塊心病。

有一次，我假裝不經意地提起畫梅，說梅蘭竹菊，易寫難工，實為畫家才情功力的最佳試金石。梁先生深以為然，同時順口舉了一個多年前例子，說有一次，他殷勤畫了一幅梅花寄給冰心，不料卻慘遭回信調侃說：「吾家之犬，亦優為之。」從此他引以為

▲張佛千先生書齋中的「九萬里堂」橫披鏡心。

戒，畫梅絕不輕易予人。我聽了，幾句準備好到嘴邊的話，又硬生生的嚥了回去，再也不好多說什麼。

事有湊巧，一次佛千先生張佛老（1907-2003）在他家樓下永康街「東昇陽小館」邀宴，酒香菜精，品味俱佳，美食之後，一起到樓上他的「九萬里堂」小坐。只見長沙發邊，空牆壁燈旁，掛著一幅鏡心紅梅，上前仔細一看，居然是梁實秋先生的畫，真是難得。

關於此畫是如何索得的？佛老跟我說了個故事。

話說民國五十八年八月五日，台北各界舉辦酒會慶祝梁實秋以三十六年工夫，翻譯完成莎士比亞全集，各報副刊都登出慶祝文。余光中率先為文說：

我們今天對梁先生如此尊敬，不僅因為他是一位翻譯家，更因為他是一位散文家，一位具有堅定信仰和獨立思想的批評家。

佛老不以為然，為文補充道：「在這許多梁實秋之中，一個劇作家的梁實秋，才是梁實秋那座大山的最高峰。」認為，梁先生口才便給，能言善道，還能上台表演相聲，熟讀莎翁後，寫起劇本來，一定叫座。那一陣子，散文家兼詞家琦君，有〈金縷曲〉一闋為賀，梁先生亦有和作。佛老看了技癢難耐，依韻倚聲，以激將法為之，也獻上一闋云：

海又生桑矣！數人物，「大江」「新月」，今猶餘幾？少日豪情期擊楫，誰會悲歌此意？亡散盡，當年知己。贏得文章驚海內，詣且憫，無懼圍攻裡。自由炬，高擎起。

無窮才氣千秋事，擬崇山，莎翁全集，高峰當記。正寫中英文學史，商略群峰次第。天錫壽，從容料理。再寫梁翁中國劇，最高峰，柱地高難計。復興近，執牛耳。

▲梁實秋畫紅梅贈張佛老。

說到這裡，佛老雙手一攤，慧黠的一笑，壓低了聲音對我說：梁先生擅畫梅花，早就答應送我一幅，然多年以來，屢索不得。逼急了，梁先生便笑著推說，他這些年，因日夜翻譯的關係，畫法生疏，梅花畫得還不如小狗的五瓣腳印，實在難以見人。每次索畫，都被他如此這般的，以「幽默遁詞」，遁掉了。現在遇此大好時機，趁他心願了卻，暢快高興，以「一闋詞」逼之，定能逼出「一幅畫」來。果然不出佛老所料，一個月後，梁先生以一幅紅梅見寄，並題記曰：

二十九年一月，得識佛千兄於咸陽軍次，知其將有結褵之喜，謂當以胭脂畫梅以贈，荏苒二十餘載，始償宿諾。信筆塗抹，依稀春嬌。雖恨其生寂寞之濱，而喜其能榮歲寒之時也。

原來佛老在對日抗戰進入第三年時，初入胡宗南將軍幕中，負責接待國民參政會的西北勞軍團，巧遇有江南才子之譽的好友盧前，介紹他與梁先生認識。當時，佛老正在熱戀準備結婚階段，大家見了準新娘，不免戲謔「驚豔」一番。盧冀野當眾誇下海口說：「結婚賀禮，我當作詞，實秋當以胭脂畫紅梅為賀！」只是後來戰局多變，大家各自東西，無緣重聚參加婚禮。雖然戰後二人都到了台灣，然因工作關係，一北一南，也無緣經常相聚。現在，大家都退休聚在台北，方才有機會繼續書畫因緣。

我細看此畫，除了主幹稍肥之外，其他開枝、散花、勾鬚、點苔，無不濃、淡、枯、焦搭配，飛白、沒骨相間，勾勒老辣到位，確實是畫梅老手精心之作。其畫法大約從清末湯雨生、張子祥、胡公壽三家轉化而來，而點綴紅梅時，卻謹守宋人畫法，只畫一兩朵正面全開，其他則或正或反，掩映掀側，或含苞、或半開、或落瓣、或微殘，種種姿態，曲盡梅花之神。尤其最難的是從主幹探出來的各種尾枝，瘦勁俏麗，聚散得宜，允稱高手。

接到梁翁墨寶，佛老大喜過望，連忙送至裱畫店裝池。但是，畫裱好之後，掛在客廳數日，想想不對，又取了下來。原因是怕來客發現如此稀罕之物，見獵心喜，會給畫家帶來無窮困擾。不料梁先生知道後，大笑說，沒關係，你儘管掛，我既然敢送，當然不怕人掛。你放心，我自有道理！

「過了半個月，一天到晚向梁先生邀稿的《傳記文學》主編劉紹唐來了！」佛老撇嘴笑道：「他看到掛出來的畫，好生羨慕，連連大呼不公，立刻起身，說也要去向梁先

▲梁實秋與張佛千在「九萬里堂」中。

生討一幅，茶也顧不得喝，便匆匆走了。」兩天過去，佛老嘻皮笑臉挑釁式的打電話去問結果，只聽得劉紹唐悻悻的在電話那一頭，學著梁先生的口吻複述道：

佛千這個人真可怕，一張畫要了三十年，不能不畫給他。台灣只此一幅。在美國，還有一幅，我的清華老同學胡安定寫信來說：「你欠我畫，我已七十歲了，我死之後，我的兒子，還是向你要畫！」唉呀！父死子繼，這個債，哪能不還，只得畫了寄去。

聽得劉紹唐，哭笑不得的敗下陣來，心平氣和的知難而退。一旁的我，則暗暗叫了一聲：「好險！慚愧！」從此一塊心病，不藥而癒。

牆裡牆外

——懷梁實秋與韓菁清（1931-1994）

一九七〇年後期，我由敦化南路三五一巷四樓公寓二樓，也就是英國人所謂的first floor，遷至三五五巷碧雲華廈七層電梯大廈一樓。那個年頭，大家雖然已經開始流行買車代步，但對停車位的需求，還沒像後來那麼強烈。新居一樓門前的院子，大約可擠入三輛小轎車，依照慣例，都交由一樓住戶自由使用，就像頂樓天台，交由頂樓住戶使用一樣，無人來爭。

夏日傍晚，晚餐過後，我在客廳與內子商量如何向市府申請並招工人來蓋圍牆的事。忽然聽到不透明玻璃格子門窗外，有人前來敲窗，我打開門一看，居然是梁實秋與韓菁清伉儷。梁先生笑著說，他們晚飯後出來散步，走到這裡，看到門口我說過的那棵椰子樹，便過來敲窗試試，果然沒錯。我聞言連忙說請進請進，然梁先生卻搖搖頭說，你們剛搬過來，一定亂成一團，還沒整頓好，我們在外面說說話，要比屋裡清爽。我只好跟在他倆後面，下了台階，走到院旁水溝蓋上，在迎風搖曳的亞歷山大椰子樹下，聊起天來。

我說現下正在為蓋圍牆的事籌劃，從二樓到七樓住戶的同意書都拿到了，只有地下室的住戶，不同意。不過，地下室依法應做防空洞使用，不能編門牌號碼，案子送到市府建管處，問題應該不大。韓女士接口道：「圍牆嘛是一定要蓋，不然任何人都可直接跑到你客廳、臥房的窗子前亂敲，那太不安全了。」

梁先生微笑著說，「告訴你一個祕密，我會看風水呦，從小隨父親練出來的。你這棟房子，坐北朝南，位置不錯，但大門若開在偏東方向，直對巷子裡的電線桿，所謂『出門即有礙』，不佳！不佳！要砌圍牆的話，最好把大門放在最西邊，斜斜朝西南而開，如此出入動線舒暢，運勢也會大好。」最後，梁先生加了一句：「詩人不是說過了嘛。Good fences make good neighbors!」（圍籬好鄰居就好）這是美國大詩人佛洛斯特（Robert Frost, 1874-1963）〈補牆〉（Mending Wall）一詩中的名句。

「正門面對電線桿是謂『路沖』，最好用圍牆隔開，把大門放在西側，門左那棵椰子樹，高大威武，正好如一名綠色門神！瀟灑又醒目。」梁先生解釋道：「圍牆的高度也有講究，太高，把人圍在裡面，有如坐牢，無法與外界聯繫；太低，隱私又受威脅；最好適中而微有鏤空，這樣，進進出出，裡望外望，看起來都舒服。」我聞言大喜，三個月後，稍有起伏變化的圍牆蓋好，岳父大人送來一卡車他珍藏多年的澎湖咾咕石，在牆內從大門椰子樹根開始，堆疊至進門口台階下，圍出一條錦鯉型的花圃。日後一進大門，曲折走來，果然可享十五六步葉影扶疏之清幽，花氣襲人之迷離，助我筆下詩情，硯上畫意。

梁先生與我於一九七二年五月初夏相識於台北，十月深秋結緣於西雅圖。相識是由余光中先生引薦，在我出國前，以晚生後學身分，拜見英美文學前輩大老，請益為學方向，幸得面接教言。當年九月抵美後，暫居接待家庭石醫生處，不料兩個星期後的一天傍晚，外出散步，竟然巧遇居於附近的梁先生及夫人。原來那年五月一別，不久之後，二老就移居西雅圖，與女兒女婿團聚。他鄉遇小友，梁先生非常高興，遂有每週相聚之約，詩文書畫、文史掌故無所不談，讓我盡得五四人物之風流軼事。

一九七四年秋，我學業告一段落，離美環遊世界，返台任教於輔仁大學，隨父母居於台北。環遊世界經過英國時，我曾尊果先生之囑，去探望流寓倫敦的凌叔華。凌先生託我敦促他早日起程遊英。我依言給梁先生寫信報告，沒過幾天，就收到梁先生的來信云：

來書拜悉。壯遊世界，真可羨慕。弟亦有此想，但力不從心矣。我所以未至英國一遊，亦以此故。不過Arther Waley終身研究中國文字，未曾一履中土，思之亦復何憾？現已決定十一月上旬返台北，住處已託友人代訂，承關注，至感至感。弟生活枯寂，返回台北稍換環境。屆時當再圖良晤也

匆此即頌　大安

弟梁實秋　頓首　六三、九、廿八

近一個半月後，梁先生居然真的孤身一人，飄然返台，暫居於距復旦橋不遠的公寓式酒店華美大廈，位於仁愛路圓環旁。原來，我離開西雅圖暢遊美國時，他與夫人去Saveway超市購物，斜靠在大玻璃櫥窗上的鋁製高梯，忽然因風倒下，梁氏夫婦剛好行經一旁，依照規矩，男士體貼靠外，女士緩步靠內，時機不巧，最重的梯頭，於剎那之間，剛好砸中夫人腦門，送醫急救不治。梁先生悲痛難當，孤寂莫名，遂有十一月返台散心之行。

華美大廈距永康街張佛千先生處也不太遠，佛老每日到仁愛路相伴，不時連袂至復旦橋旁頂好商圈的驥園、陶然亭、永福樓小酌，我又有機會常常親炙先生風采，真是緣

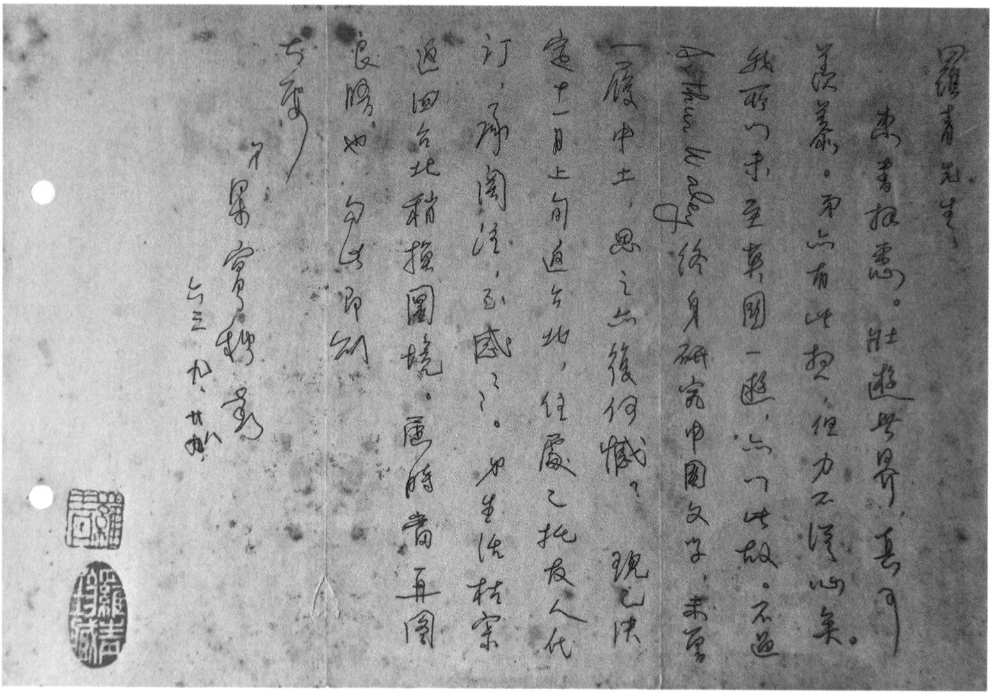

羅青先生：

來書拜悉。壯遊世界，甚可羨慕。弟亦有此想，但力不從心矣。我所以未至英國一遊，亦以此故。不過Arthur Waley終身研究中國文學，未嘗一履中土，思之亦復何憾？現已決定十一月上旬返台北，住處已托友人代訂，歸國後，函告之。如先生能於寒假回台北稍換環境。屆時當再圖良晤也。匆此即頌

大安

弟 梁實秋 拜啟

六三、九、廿八

▲梁實秋書信之一：一九七四年，致羅青航空郵箋，提及亞瑟威利之事。

分不淺。林海音、何凡二位所居之永春新廈，近在咫尺，亦時常往還，得享美食劇談之樂。當年歲末，由父母主持，假希爾頓飯店為我舉辦婚禮，因余光中先生於年前赴香港中文大學任教，梁先生遂主動出面願意擔任證婚人，佛老搶做介紹人，瘂弦先生退居司儀，高信疆只好委屈掛上總招待的名牌，在婚宴大廳忙進忙出。瘂弦妙語如珠，介紹證婚人、介紹人出場，兩人上台致辭，則詼諧幽默風趣，雋語快語時出，舉座連連轟然。我則興奮緊張，人雖在台下聽訓，腦中卻一片空白，呆若木雞，一句也未入耳，十分可惜。

婚後我與內子租屋獨居，依舊在復旦橋下巷內，以便每日返父母處享用免費晚膳；梁、佛二老，從此又多一相聚之處。囍宴過後，母親下廚，請主婚人、介紹人便餐，表明今年冬天夠冷，正好吃酸菜火鍋。梁先生聞言大樂，說以台灣的氣候，不容易漬出正宗酸白菜，一定要來解解饞。宴後我送二老下電梯，梁先生吃得額頭微汗，在電梯裡，拉開了藏藍夾克的拉鍊，露出裡面鮮紅的毛背心，只見他低頭燦然一笑，自我解嘲道：「我這叫暗藏春色。」

過了幾天，我中午宴客，佛老獨自前來，喜形於色，我忙問為何梁先生沒來。佛老神祕一笑，說從今而後，梁先生「每天從午飯起以後的時間」都給了一位神祕的小姐。

我向來雅不願意打聽長輩私事，不過，「神祕的小姐」既然已經出現，不免好奇一問。佛老說，前幾天與梁先生一起坐出租車，發現他手指上多了一枚紫色鑽戒，說是「碧璽」，並得意的說：「我已經讓這個給套住了」。接下來他被佛老逼得無奈，不得不承認道：「是立法委員謝仁釗介紹的。」又過了幾天，梁、韓戀愛的新聞，便上了報紙，轟動台島。不過，此時梁先生已於一月上旬離台轉日返美了。

據報上記者刊出的韓菁清專訪，說是在遠東圖書公司買書時，巧遇梁先生，由老闆浦家麟介紹。佛老向老友謝仁釗求證，才得知，韓女士當時對編劇極有興趣，有意從台前轉到幕後，知道梁大師返台，極盼當面求教。謝與梁不熟，只好拉老友浦家麟一起促成此事。

佛老怕梁先生重蹈十多年前七五高齡的蔣夢麟（1886-1964）與徐賢樂再婚的覆轍，特別把胡適（1891-1962）病後住院第五十六天時寫給好友的長信，影印給他看：

……這十天裡，我聽到許多愛護你，關切你的朋友的話，我才知道你的續弦消息真已引起了滿城風雨……這些話大致是這樣：某女士（徐賢樂）已開口向你要二十萬元，你只給了八萬：其中六萬是買訂婚戒指，兩萬是做衣裳。這是某女士自己告訴人的，她覺得很委屈，很不滿意。關心你幸福的朋友來向我說，要我出大力勸你「懸崖勒馬」，忍痛犧牲已付出的大款，或可保全剩餘的一點積蓄，否則你的餘年絕不會有精神上的快樂，也許還有很大的痛苦……昨今兩天（十七，十八）之中，我又聽到五六位真心關切你的人的報告。……

這些朋友說：這位小姐在對待孟鄰先生的手法，完全是她從前對待前夫某將軍（楊傑上將）的手法，也是她在這十七八年對待許多男朋友的手法：在談婚姻之前，先要大款子，先要求全部財產管理權。孟鄰先生太忠厚了，太入迷了，決不是能夠應付她的人。將來孟鄰先生必至於一文不名，六親不上門；必至於日夜吵鬧，使孟鄰先生公事私事都不能辦！她的前夫某將軍是何等厲害的人！他結婚只七個月，之後，只好付出絕大代價取得離婚！這些朋友說：適之先生八天之前不說話，是對不住老朋友，今天怕已太晚了。

我也知道太晚了，但我昨夜細想過，今天又細想過：我對我的五十年老友有最後忠告的責任。我是你和曾谷（夢麟先生第二任夫人陶曾谷）的證婚人，是你一家大小的朋友，我不能不寫這封信……（一九六一年六月十八日晚）

為了老友，一向文辭簡淨的白話文大師胡適，竟寫出如此絮叨不休的長信，蔣夢麟閱後極為不快，當下撕碎於廢紙簍中，後經祕書細心拼合復原，方得保存。也許是因為忠告者眾，加速了蔣氏結婚的決心，連宋美齡的反對也不顧，逕自於七月十八日祕密成婚。果不出大家所料，一年後二人以離婚收場，又打了近一年官司，協議方成。蔣氏於報端公開表示：「我愧對故友，也應該有向故友認錯的勇氣，更要拿出勇氣糾正錯誤。」四個月後，就過世了。

佛老說，梁先生看完了資料，笑道：「她年輕而我年老，她有錢而我無錢，我不過薄有文名而已。大不了，老命一條罷了！」一派瀟灑樂天之狀，毫不在意。

佛老知道，此時硬勸，效果必反，遂轉採軟攻，用調侃的語氣說：「你多年以來，晚上九時上床，早上四時起床，下午四時後見客，完全是和尚生活；而她早上四時上床，中午十二時起床，喝杯牛奶後，才去吃早餐，然後要換一處喝咖啡，再找地方晚餐，再換地方喝咖啡，興致好了還要去消夜，時日久了，你吃得消？」梁先生聞言，兩手一攤，聳肩而笑，不置可否。佛老見狀，知道遇到「老房子失火，沒救！」便知趣不再多言。

後來梁先生半開玩笑的當著韓女士的面告訴我說，他初次到女士家中：「但見沙發上、茶几上、燈櫃上，電視機上、書桌上，連廁所裡，都是遠東版莎劇，不只看看而已，重要的段落還會背誦，讓我十分感動。」

梁、韓交往的新聞，刺激了一大批梁先生的門生故舊，大家想起蔣、徐悲劇，殷鑑不遠，不免憂形於色，遂有組「護師團」的呼聲響起，大家奉林海音為「團長」，鬧得不可開交，反倒加速了梁先生的「護花」決心；迫於外界壓力，二人遂在梁先生再度返台後，於一九七五年五月九日「閃電」正式結婚，開始了白馬王子長達十三年的「護花」生活。此時，深知獨居之苦的凌叔華先生，來信開明的委託我代為祝福新婚夫婦云：「梁先生結婚喜訊，也傳到國外。從此，梁先生可以減少悼亡寂寞的侵襲，對他的健康及未來工作上，實有補益。」

我第一次見韓女士，是在他們結婚以後，新居就設在復旦橋頂好附近，算是對橋鄰居。聽佛老說，韓女士婚前不太願意見梁先生的老友，也絕不去梁的住處，萬一不得已遇見了，總是一再謙說她讀書不多，不願多話。這次見面，她見我是晚輩，便毫無顧慮的爽朗大笑伸出手來說：「大詩人，我對你的詩，可是熟得很，常常在深夜收聽。」我滿臉驚疑的握完了手，成了個張口結舌的丈二和尚。梁先生見狀，連忙笑著解釋，她是個夜貓子，晚上最愛收聽李季準的午夜廣播，節目裡常常朗誦你的詩，聽說是非常動人。我與梁先生一樣，從不熬夜，大名鼎鼎「電台情人」李季準（1943-2017）的午夜《感性時間》，以其低沉磁性之聲，顛倒眾生二十多年，我只好慨嘆無緣，一直沒有聽過，不料如今竟感受到了他的威力。

梁、韓婚後的生活，眾說紛紜，有極肯定的，也有極否定的。梁先生本人，也因傾訴的對象不同，常有不同的「方便說法」。台北不比西雅圖，梁府訪客太多，我雖然忝為他的鄰居，但只有過年過節，才敢上門賀節拜候打擾，時間依舊是下午四時後，止於五時許，若得便，則全家一起隨主人伉儷外出晚餐。因為梁先生重聽，平常音訊來往，雖然近在咫尺，也多用便箋郵寄，很少用電話聯繫。梁先生對我是有信必回，雖然只有簡單四五行，但無不雋永可讀。

我返台後，與詩友於一九七五年五月四日創辦《草根》詩月刊，因為是前衛實驗小刊物，未敢驚動梁先生。待一年有成之後，寄上合訂本一套，祝賀他新婚週年。先生立即回信云：

> 幸虧我有這麼一個結婚一週年，否則還不知道你已經出了十二期的《草根》。謝謝你的厚贈。徐玉諾的詩很怪，一如其人，聞一多當時相當欣賞他的作品。另一個是李金髮，也有他的怪處。詩，總得有幾分怪才成。不過各人的怪不一樣而已。
>
> 梁實秋頓首　五六、五、十

梁先生信末繫年，向來以民國為準，此處把「民國六十五年」誤書成了「五六」。他的詩觀與胡適類似，傾向浪漫派，但不同於胡適的是，他能夠接受「很怪」的現代詩，而且還認為詩「總得有幾分怪才成」。我的詩，在當時算是最「搞怪」的，怕他口是心非，因此《吃西瓜的方法》、《神州豪俠傳》、《捉賊記》、《不明飛行物來了》等詩集，都沒敢貿然寄上，以免尷尬。惹得有一次梁先生佯裝怒氣的質問我，最近有無新詩集出版，我才慌忙把書名比較正常的《水稻之歌》寄上，過了一個月，回信來了，地址由忠孝東路改成了四維路，仍然住在距仁愛路圓環、復旦橋不遠處。

謝謝你給我的《水稻之歌》。要一首首的慢慢咀嚼，詩不能大口的吞。你的詩有獨創性，又豪爽，又細膩，我甚傾服。〈生日歌〉尤獲我心。我參加任何生日派對，從不開口唱那不倫不類的英文歌，我認為那是墮落。中國人為什麼要唱英文歌？為什麼要吃蛋糕？為什麼糕上要插蠟燭？

梁實秋 七二・七・十七

我已搬家。

▲一九八七年元月，韓菁清為梁先生歡慶八十五歲生日。

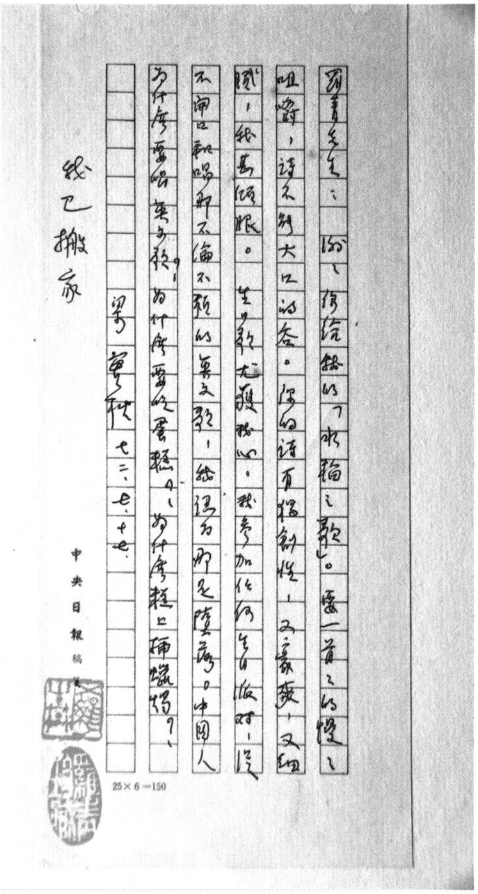

▲書信之三：梁實秋一九七六年，讀《水稻之歌》。

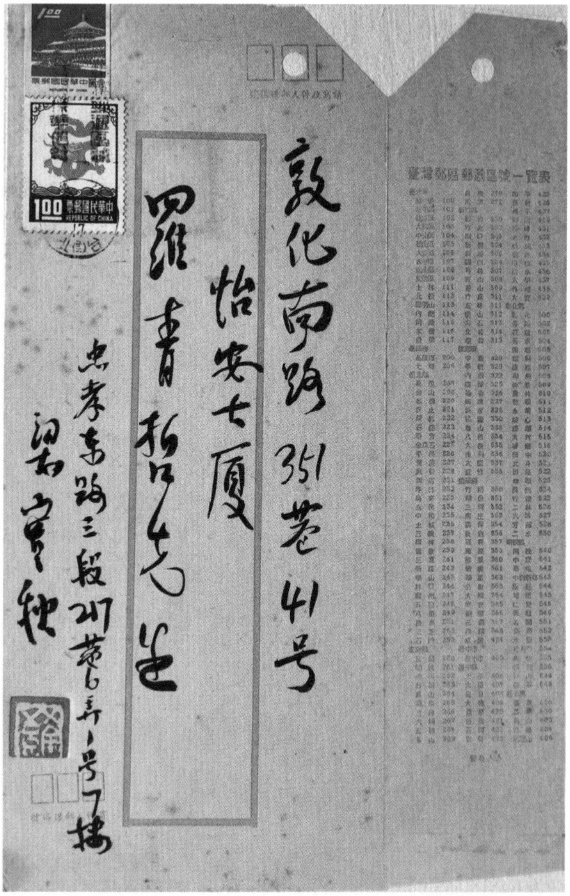

▲梁實秋書信之二：一九七六年，讀《草根》詩月刊一信之信封。

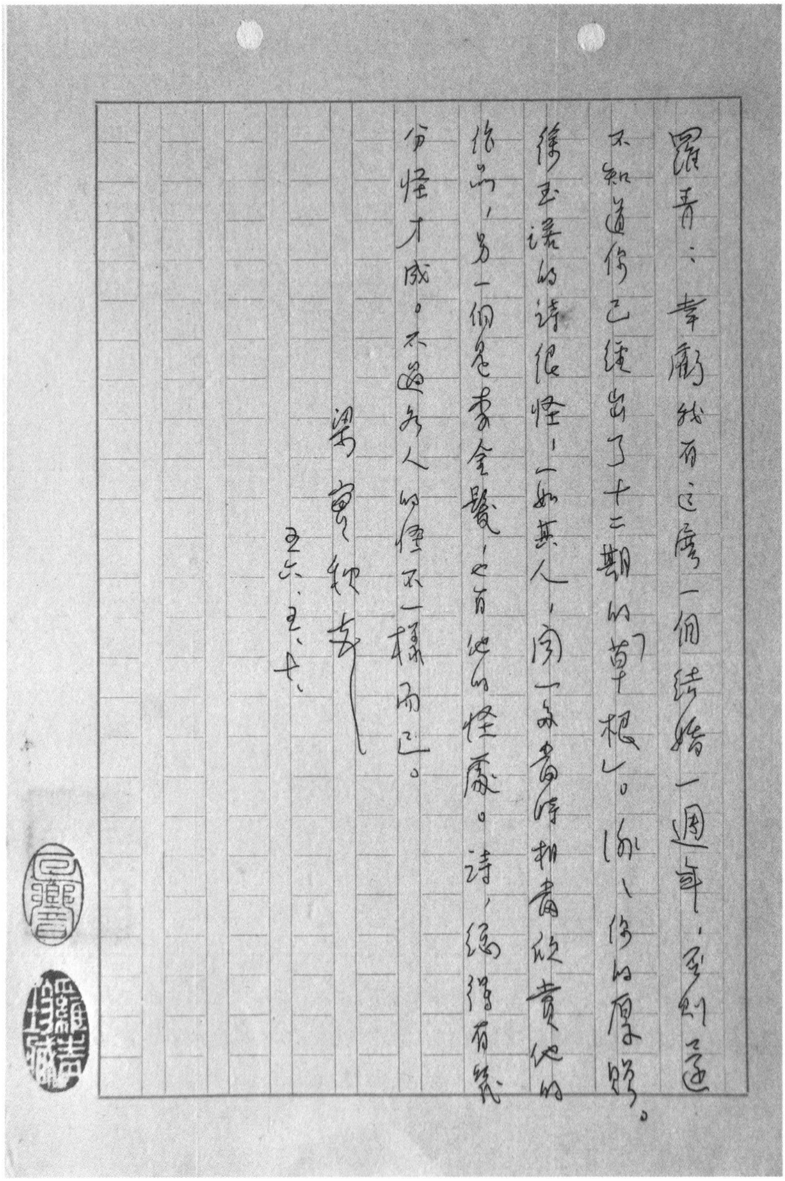
羅青：幸虧我有這麼一個結婚一週年，否則還不知道你已經出了十二期的「草根」。謝謝你的厚贈。徐玉諾的詩很怪，一如其人，聞一多當時相當欣賞他的作品，另一個是李金髮，也有他的怪處。詩，總得有點古怪才成。不過各人的怪不一樣而已。

梁實秋 啟

五六、五、廿七

▲梁實秋書信之四：一九八三年，讀《草根》詩月刊合訂本。

現在想想，當時真是謹小慎微，太過矜持了些，實在應該斗膽請先生寫序或作評，詳細拜讀他對拙詩的看法，留個紀念。由他的書箋可知，先生清早起床，伏案寫作翻譯，臨近中午，開始回信並外出投郵，返家正好迎接女主人起床。他把兩種截然不同的生活習慣，設法調整到起伏有致，好像有空隙透氣的圍牆，既有正門也有邊門，讓雙方都進出方便。一九八五年八月，梁先生大部頭厚達四千多頁的《英國文學史》與《英國文學選》由老友林挺生先生的協志工業叢書，協助出版；他高興的對我說，要不是每天能夠規律早起，毫無干擾的工作到中午，便不可能只花十年就完成了此一浩大的工程。

錢鍾書把英國諺語「英人以家為堡」（An Englishman's home is his castle），轉化為「圍城」比喻婚前婚後的情狀。從梁先生的例子看來，婚姻更像夫妻共同砌一道鏤空玲瓏的花磚圍牆，既可保有隱私，又可與外界溝通無礙；至於進出門的動線，相互妥協安排，或出雙入對，或自行其是，無論是從牆裡外望，還是從牆外窺內，無不相宜。

卷三　懷鍾鼎文（1914-2012）

格律派最後的護法

——紀念一位被忽略遺忘的大詩人

民國十六年（1927年），年方十四的鍾鼎文，因資優跳級，入安徽省立第一中學（今安慶第一中學）讀高一，剛在週記寫下第一首詩〈塔上〉，便被老師高歌發掘，並在《皖報．副刊》發表。狂飆詩人高歌的兄長是主編《狂飆月刊》的狂飆領袖高長虹，一度被魯迅賞識，受邀入「莽原社」參與《莽原》週刊的編輯，兄弟二人都是當時英才特出的前衛派作家。〈塔上〉能被高歌慧眼拔擢，必有出奇之處，原詩如下：

我登臨在塔上——
在塔影的下面
是無邊的屋瓦

在瓦浪的下面
是無數的人家
在那些人家裡
許會有小小的院落
在那些院落裡
許會有各樣的花
那些花寂寞地開著
又寂寞地落下

此詩以「番草」為筆名發表，多年後鍾鼎文回憶道：「這是我第一個筆名，是高老師為避師生之嫌，把我的學名鍾國藩的『藩』字，拆字而成。詩的確是當時登臨塔上，想起陳子昂的〈登幽州台歌〉，有感而發。」但讀者如細味全詩，會覺得〈塔上〉的寫法，應該完全「奪胎」於柳宗元的〈江雪〉：

千山鳥飛絕，萬徑人蹤滅；
孤舟蓑笠翁，獨釣寒江雪。

詩中主述者從宏觀高空角度，隨「塔影」飛凌而下，有如在「鳥飛」翼下俯瞰「千山」；全詩依次由全景「無邊的屋瓦」，有如無人的「萬徑」；慢慢縮小至中景「小小的院落」，有如「孤舟」上的「蓑笠翁」；最後體貼寫下細心觀察的近景「各樣的花」，有如「獨釣」的「釣竿與釣絲」。十四歲的少年，一出手，便能有如此表現，是偶然運氣也好，是天賦功力也罷，都會令人生愛才提拔之心。

多年後，詩藝成熟的鍾鼎文，寫下〈瞭望〉一詩，讀起來，倒頗有陳子昂〈登幽州台歌〉的味道，其詩如下：

我站在山崗上
瞭望遠方
而在我前面的山崗上
也正站著一個瞭望者
也正和我一樣的
瞭望著遠方

鍍上夕陽　而又染上暮色
他的姿態是一座古老的銅像
獨立於宇宙的蒼茫

此詩比起〈塔上〉，在「詩想」建構經營上，要複雜得多。全詩從「前不見古人，後不見來者」的「三人」構想中「換骨」而出，成了「前見古人，後見來者」的「二人」構想，意思翻新出奇，是新詩百年以來「翻案詩」中，少見的佳作。

主述者站在山崗上「瞭望」，望見前輩瞭望者，和自己一樣，在瞭望遠方，身上「鍍上夕陽　而又染上暮色」，姿態「是一座古老的銅像」，他「獨立」無伴，一人「瞭望」。而此時，被瞭望的「遠方」突然一變，無限延伸擴大成「宇宙的蒼茫」。「古老的銅像」喚起了滄桑無盡的歷史感，「宇宙的蒼茫」興起永恆無邊的遼闊感。細讀此詩，「雋永超詣」之處，值得吟詠再三，「妙在酸鹹之外」，令人拍案擊節，可以直入漁洋《唐賢三昧集》，而無愧色。

前期現代派詩人評論名家戴杜衡，是最早欣賞鍾鼎文的知音之一，在為其第二本詩集《行吟者》（1951，台灣詩壇雜誌社出版）作〈題記〉時，明確指出，其詩近於早期浪漫派，作風明快、流利，主題健康寫實；能同時融合新月派、現代派的長處，擺脫表面格律的形式束縛；更認為他是一位能掙脫時代影響，獨立走出自家路數的詩人，此路漫長艱苦，而且寂寞。當時鍾鼎文與老友覃子豪、紀弦，號稱台灣新詩渡海三大家，紀弦於一九五三年出版《現代詩》季刊，大力提倡自由詩，努力宣揚後期現代派的「新現代主義」。次年，四十一歲的鍾鼎文偕老友覃子豪，邀請余光中合組藍星詩社，出版《藍星詩刊》與《現代詩》抗衡；並不反對自由詩的鍾鼎文，通過編輯《藍星詩刊》，更堅定了發展格律詩的決心。

戴氏之論，不幸言中；日後，在紀弦全力倡導的後期現代派自由詩大潮之下，堅守改良格律詩的鍾鼎文，以及其聲調鏗鏘的浪漫樂觀詩風，幾乎完全遭到淹沒，在不屑與鄙夷的目光中，遭到嗤之以鼻，訕笑唾棄的冷遇，終於完全被排斥在台灣所有的重要詩選之外，作品默默無聞，讀者大量流失，評論鮮有提及，更遑論研究推崇。

郭士榛在〈台灣現代詩壇的推手寫詩八十年的鍾鼎文〉一文中慨嘆道：「不管在創作或詩運的推廣上，鍾鼎文都有著偉大的貢獻。因為計畫做『當代人物』版訪問，需收集前輩詩人的資料時，才發現他的詩集早已絕版，作品在市面流通也不廣，甚至專家學者對其詩作與貢獻的評價，相較於（台灣）詩壇其他二老覃子豪與紀弦，似乎是非常不足。這真的是一件非常可惜的事。期望鍾鼎文的全集《年代》能早日付梓，使其為台灣詩壇的貢獻也能廣為後生晚輩知道，不會被遺忘。」

在台灣茁壯又凋零的老詩人及其詩作，遭遇如此，能不令我輩汗顏？不過，真能解詩、評詩，有詩識、知詩才者，本來就是鳳毛麟角，百年難得一見。好詩人遭到忽略或糟蹋，說也正常，此事無代無之，實在不必奢望或苛責那些有眼無珠又長年霸占編輯台的蠢材們。

誠然，格律詩是有其侷限，才力稍遜者，剛一入手，便易為格律形式所俘所惑，迷於音律的調整，陋於詩想的經營，徒留鏗鏘俗套韻腳，而無實質尖新內容。不過，詩無基本的「格律」，又如何成詩？海闊天空的自由詩又何嘗沒有弊病，沒有形式幫助剪裁、修訂、約束那些過於庸濫的內容，寫出來的東西，十之八九也是凡愚夢囈，毫無可觀。每一種文學形式，都是利弊互見的，如何巧妙隨機應變，如何在自由與格律之間，找到平衡之道，也就是說，如何知道哪些題材最適合出之以格律，哪些最適合展開以自由，是考驗詩才高低深淺的一大關鍵。不論題材詩想如何，一律用格律詩表現，固然不是智者；不顧內容特質如何，一律用自由詩寫出，亦是笨伯一個，才大者絕不如此。

鍾鼎文的詩，自由、格律交錯出之，而略偏重較寬鬆的格律詩，並以此為其創作主力，變通中有堅持，在後期現代派自由詩大獲全勝的七〇年代，毅然出版全以格律詩為主的詩集《雨季》（台灣省政府新聞處印行，一九六七年），不愧為戴杜衡筆下所稱許的：「是一個能夠不受時代影響，願意獨自走著自己的路的詩人。」

鍾鼎文自由詩的功力與才情，由〈塔上〉與〈瞭望〉二首短詩，可見一斑。余光中所鼎力推薦為傑作的〈人體素描十則〉組詩：〈腦〉、〈心〉、〈髮〉、〈眼〉、〈乳〉、〈手〉、〈臂〉、〈肢〉、〈臍〉、〈腳〉，最長十六行，最短四行，是鍾氏自由詩短篇創作的高峰，也是他四十歲壯歲時期的力作。余光中先生特賞其〈髮〉與〈臍〉，原詩如下：

〈髮〉

寄一切的風情於髮吧！
髮是慣於打著旗語的青春底旗。

而我，已經是年逾四十，
在髮裡早有了叛逆的潛藏。

一旦這些叛逆們公然譁變，
從邊陲起義，問鼎中原。

我的髮將成為白色的降幡，
迎接無敵的強者之征服。

鍾鼎文的自由詩，雖然不刻意講究韻腳，但卻常以配合內容所需的整齊行數，來約束、修整、補足內容的發展，務求文質彬彬，詩藝完整無缺。不像許多自由詩，全力造句，忽略謀篇，至多成為一堆散章警句而已，藝術完成度不高。

〈臍〉

從殖民時代遺留下來的一口枯井，
它曾經為我們湧流過生命的活泉。

在它的斷流之日，我們的生命脫穎而出，
以第一聲啼哭，發表「獨立宣言」。

這歷史的遺跡，記下我們先天的恥辱，
顯示出我們的前身，原是吸血的寄生蟲。

每當我俯首默念，對著枯井懺悔，
啊，母親！對於你，我是永恆、永恆的罪人。

一九四五年，日本侵略軍國主義敗降，台灣省脫離日本殖民，光復回歸。七十年來，能夠拋棄政治民族因素，深刻紀念此一重大歷史事件的詩作，難得一見。此詩比喻新奇獨造，主述者角度出人意外，內涵意象複雜，展現詩人襟懷溫厚的包容與同情。全詩象徵多重，雖然個別字詞失之片面，但仍可謂這方面詩篇的傑出之作，才力見識器宇小者，斷不能有度量為此，亦不能夢見或欣賞。

一九七九年我編選爾雅版的《小詩三百首》時，就一口氣選了〈心〉、〈眼〉、

〈手〉、〈臂〉、〈肢〉五首詩作，算是集中入選首數較多的詩人；二〇〇八年，在左羊版的《小詩三百首》修訂本中，五首依舊全選，沒有刪修，可見好作品是經得起時間考驗的。他這個時期的其他自由詩如〈褒城月夜〉、〈仰泳者〉，也都是浪漫派新詩中精品。尤其是〈臂〉與〈心〉這兩首四行短詩，完全顯示了新詩可與唐人絕句爭勝的絕妙本錢，〈臂〉詩如下：

夫人，在你玲瓏的身上，
寄生著光滑的、狡猾的蛇。
你的晚禮服不僅讓你身上的蛇游出來，
而且暗示著樂園的禁果已經熟透……

全詩靈動而含蓄，輕挑又穩重，文字幽默促狹如「蛇游」，內容樂而不淫如「禁果」，而且絕對「健康」，四行小詩能夠如此，非才力兼具者莫辦。至於〈心〉的詩想結構，則較〈臂〉來得更複雜且深沉，對隱藏在人性底層不可測的狂野，有詩意的提示與暗喻，有理性的控管與安撫，言簡而意長，令人回味無窮。全詩如下：

在我思想底森林深處，
有一泓清冽的寒泉。
林間的群獸常到這裡飲水解渴，
也在泉水上，照出它們粗野的容顏。

鍾鼎文二十歲左右的詩，以氣勢見長，在自由詩方面，以他十七歲時的〈船〉，最為有名；在格律詩上，他二十一二歲時的〈家庭〉、〈橋〉、〈水手〉、〈蘇州河的歌〉，可謂代表，都是節奏鮮明，結構完整的佳作。尤其是〈船〉，全詩長達八十二行，以「墨水洋」暗喻寫作：「我們的船／在沒有邊的墨水洋上，向前進，」開始，經過一連串海浪、風暴、桅桿、帆篷……交錯的暗喻，一直到「將展開一個燦爛的，新鮮的，／屬於我們的明天」結束，雖然沒有十分突出的警句，但卻成就了一首語言嚴謹成熟、節奏氣勢磅礴、首尾呼應一貫的浪漫「朗誦詩」。此詩發表於當年的大型刊物《東方雜誌》（三十一卷十號），廣受矚目，受到好評。

而格律詩〈家庭〉，民國二十五年於上海《東方文藝》甫一發表，立刻成了左派「新寫實主義」的「標本」作品，日後出任駐印尼大使的左聯批評家王任叔，當時對此詩十分「賞識」，特撰〈新詩的蹤跡及其去向〉一文推薦，並將全詩收入他的《捫蝨集》中。該詩開頭第一節云：

在前頭，男人家袒露著胸膛，
胸毛上，閃爍著汗的亮光，
一個奶孩子，抱在他的手臂上，
低著頭，像是不敢看他的前方。
在後面，跟隨著一個女人，
一隻手，夾著男人家的肩膀，
另外的一隻，放在駝了的背上，
緊握著一束草，一口袋乾糧……
這就是個家庭，而且就這樣……

行走在很長的、很長的道路上。

全詩每節十行，共五十行，每節換韻，平實描寫民國二十五年江淮大饑荒的慘狀；飢民「走過了遙遠的路，前面還是路；／在中國，無數的人們將路當作家」。此一無告的辛酸，在詩人筆下，化為無邊的絕望，整個中國像個得病的孩子，「眼睛，張得特別地大，／但卻像陰天的太陽，沒有光」。

一九七〇年代初，熱情莽撞但卻缺乏詩識的唐文標，在對新詩一知半解的情況下，為文抨擊現代詩過分西化，不接地氣，引起軒然大波，造成論戰，好心辦了壞事。如果當時論戰雙方都讀過或記得十幾年前，入選中國青年寫作協會主編的《詩創作集》（1958）中的〈家庭〉一詩，說不定論戰的方向及深度，都會層樓更上。民國三十九年，鍾鼎文將此詩收入詩集，並在後記中寫道：「這是一首描繪『現實』的詩。但是，十五年前江淮地區的大飢餓，只是天災；而今日大陸上普遍的飢餓，卻是人禍。現實是如此的殘酷，歷史又是如此地反諷；在今日，我重讀這首舊作，覺得它有著新的意味。」他在那種風聲鶴唳、草木皆兵的年代，毫不避嫌的重印此詩，後來又讓此詩入選他自己也參與編輯的《詩創作集》，並清楚解釋其與左派關係的來龍去脈，膽識之高遠，胸懷之坦蕩，都有超過同代詩人之處。

他的格律詩〈橋〉，四行一節，共十六行。其中間兩節云：

日子是水一般地流去、流去，
問不了哪些是歡樂，哪些是苦惱：
剩下的，是這堅固的生命
立在時間的上面，如像是橋。

如像橋，在水面上映著陰影，
我們的生命，也有著黯淡的魂靈；
這生命底影啊，浮在時間的河流上，
隨著河流的動盪而不住地變形。

全詩押韻自在豐富又自然流暢，節奏頓挫分明而音色流轉，可謂格律詩中的典範樣板，直可與法國詩人阿波里奈爾（Guillaume Apollinaire, 1880-1918）收錄於詩集《酒》

（*L'alcool*）中的名作〈米哈波橋〉（Le pont Mirabeau）媲美：

米哈波橋下塞納河水流，
流過我們的愛。
時刻提醒，歡樂
總在痛苦後。

夜色與時推移。
歲月流逝，而我留下。

讓我們再次攜手對望
於臂彎之橋下
悄然流過
永恆慵倦的眼波

夜色與時推移，
日子逝去，而我獨留。……（節錄）

其他如〈水手〉、〈蘇州河的歌〉二首，亦復如是。他四十歲格律詩的代表作如〈遲到的光榮〉、〈悼〉，韻腳依舊鏗鏘，筆力卻更形老辣。如〈悼〉詩倒數第二節，就充滿了意象之間的「張力」，警句矯健突出，字句猶勁奇崛：

淮上的碧血千秋，化作海上的青煙一縷；
縱有還鄉的魂魄，應是帶雨的愁雲；
而我們，白骨未變白雲，青眼仍對青史，
尚餘一死，消除這崢嶸的壘塊千尋。

雖然，他的格律詩也以氣勢見長，然而格律一旦寫長，招式容易用老，落入一般習套，少了千仞斬決之筆，也乏悠揚不盡之意。他的力作，八十二行的〈二月——憶金陵〉，七十二行的〈高雄港的黃昏〉，都有此病，而其中最大的問題，則要歸咎於主述者所採取的態度語氣，過多農業式的浪漫，充滿古典化的婉約，沒有把工業社會的新精神，灌注其中。只要能恰當掌握主述者語調與內容的關係，他的格律詩就能振作精神，一展優點與氣勢。

我們以他的抗鼎之作《雨季》（1967）為例，這可能是新詩百年以來，第一本專寫台灣歷史風物的格律派詩集，其中的開卷長詩〈檜柏與珊瑚——代序〉，還有〈濁水吟〉、〈白木林〉、〈弔阿里山原始森林〉，都可視為新詩格律派的經典名作，蓋世絕響。尤其是長達九十六行〈檜〉詩，似乎要在瘂弦、洛夫、余光中的自由體長詩中，為格律詩爭一席之地，其開頭兩節，就是佳例：

我將不再寂寞，在台灣的山上有檜柏；
我將不再痛苦，在台灣的海底有珊瑚。

大陸的山勢磅礴、澎湃、洶洶地捲土東來，
如萬馬奔騰，下峻坂、走中原、競赴蒼海；
直趨於海底，更突兀地拔海而起，

崛起為海上島嶼、島上山嶽、山上峰巒……
在這裡，你！默默無言的檜柏、矗立著……
你矗立著；你這雄偉、剛勁而傲岸的巨人，
有誰知道你神祕的身世，亙遠的歷史？
許是一粒種子，在洪水時代，從中土飄來，
流落在滄海一粟的礁石上，萌芽，生根，
挺長為幼苗，成長為巨木，更繁殖為叢林？

此節起筆，想像宏大，意象豐繁，節奏雄健，氣象萬千，轉折處多出人意外，大動作誇張壯闊，戲劇性常現驚奇；其成功的關鍵，在詩中的主述者，採用了一種英氣勃發的態度，浩然偉岸的口吻，出語輕狂又內斂，使全詩二十一節九十六行中，佳句紛呈，珠玉錯陳，於慨嘆惋惜中有睿智併發，於奮發淬礪裡藏溫情無限，是新詩百年以來，抒寫台灣歷史風物的冠軍之作。

五四以來，新月派所開發出來的格律詩，到了五十多歲的鍾鼎文手中，可謂真正的開花結果，找到歸宿。謂予不信，請看他〈濁水吟〉四節中的最後一節：

滔滔的濁水啊，你日夜西流，
釀成了一江濁酒，為我澆愁；
讓我酩酊地跨著烏龍，潛入鯤溟，
編珊瑚為轡絡，勒起那十五鼇頭，
從蛟窟裡昇騰，插上颱風的健翮，
要它們凌空地載負起這海上蜃樓；
蛟人惜別的淚珠，灑成滿天星斗，
更排列成河圖，指示我汗漫西遊，
長螭搖著雲旗，巨鼉擂著潮鼓，
命馬銜為戎首，討伐那當代蚩尤；
直到我觸塌了不周，猛可地驚醒……
啊！依舊是夢繞神州，身老滄州……

在這十二行一百七十五個字中，戲劇動作變化出奇，意象繽紛穿插有序，眾音交響而互動，韻律頓挫而抑揚，文白夾雜又猶勁有力，禿筆縱橫卻悠閒舞轉。全詩往上，可以直追《莊子》、《離騷》；往下，可以穿唐宋而入明清；濁水一時一地之實感，神州歷史家國之痛思，無不汩汩出於指下，涓涓流諸筆端，詩人在把全詩推上想像高潮之際，突又急轉直下，破夢而出，在發配流人的「滄州」，嘎然而止，讓尾音嫋嫋而逝，餘味蒼涼，深長無窮。

如此文筆，如此詩歌，令人讀罷掩卷，惋然而嘆，譽之為新詩百年浪漫派之最後殿軍，格律派護法大詩人，誰曰不宜。可惜，在《台灣現當代作家研究資料彙編》百冊成果隆重歡慶發表之際，完全不見鍾鼎文的身影，而其故舊門生，至今也沒能將他的全集《年代》編妥付梓，為詩史造成了缺頁的無限遺憾，為讀者留下了不捨的永遠期待。

You don't happy, I don't buy
——憶鼎公先生鍾鼎文

你不高興我不買

那天下午，和大家一起入住開羅大飯店後，我動作快，搶在晚餐前，先到附近逛了一圈，在一家門面低矮的藝品店中，選了一張埃及草紙畫，準備回台充當講授西洋美術史的教具。回飯店時，經過大堂，遇到鼎公先生正好梳洗完畢下來，他一身白色西裝筆挺，戴著紅花領結（bow tie），準備去吃晚餐。看到我手中的畫卷，他笑問：「動作快嘛，掏到寶啦?拿來看看，欣賞一下。」

「難得有機會重遊埃及，買一張埃及畫，回去做教材！」我打開畫卷解釋道：「這

▲埃及現代紙草畫，一九九〇年。

▲一九三一年，二十七歲玉樹臨風時期的鍾鼎文。

畫的用紙，非常特別，是用飯店門口池塘中那種『紙草』（papyrus plant）的翠綠長莖，剖開輾平成條，縱橫編織成型，再經過壓製乾燥裁切而成。上面的畫，多仿自埃及墓室壁畫或古籍經卷如《往生之書》（*Book of the Dead*）。有意思的是，其中的人物立像，頭部都是側面（profile），就像剪影一樣，最容易認出臉部特色，而眼睛卻畫成完整正面，脖子側面，肩部又成正面，到了腹部，又變為半側面，大腿足部又都是側面的，而兩隻大腳丫卻又全是右腳，都畫出大姆趾來，乍看好像很寫實，其實完全是概念化的禮儀祭祀圖樣，六七千年不變，古意盈然。」鼎公聞言，側頭揚眉睜眼，大感興趣，說：「走，走，快去用餐，趁天色尚早，餐後帶我也去搞一張玩玩，就到你買的那一家！」

不一會兒，我們一老一少，出現在那家藝品店門口。剛才，我買的那張，尺寸較小，開價五十埃及鎊，我還價三十，成交。拿著畫，瞇起眼睛的我，自顧自的點一點頭，把嘴一撇，自以為是多年旅行老手，非常會買。

鼎公先生進了門，東看西看，問了一些不相干的價錢，都搖頭嫌太貴，最後才走向他看上的，那是掛在藝品店正中央一件最大的紙草畫，他不動聲色，再次閒閒開口詢價。濃眉大眼蓄著仁丹鬍子的店主，當然也不是省油的燈，他也不動聲色，斜眼看了看我，念頭飛速千百轉，一副一目了然又了然於胸的樣子，他先誇讚鼎公的眼光好，又讚美我的品味佳，最後斬釘截鐵，開價一百埃及鎊。「A very very special price for you, and for you only!」嗯……價錢還算實在，我心中暗忖，這張比我那張幾乎大上三倍，畫工雖然稍粗，但尺寸大嘛，好在有我在，諒他不敢亂開價，我得意的盤算著。

不料，鼎公先生老神在在的伸出三個手指頭，輕聲的說：「Thirty!」這下滿臉滿眼堆笑的仁丹鬍子，馬上拉下臉來，指著我，鬍子翹得高高的，氣得連聲大喊大叫大搖手「Impossible! Impossible!」作勢要趕我們走。「You ask this gentleman, I have offered you my best best honest price. How could this be, I am losing money!」鼎公先生聞言，文雅的點頭聳肩，優雅的雙手一攤，說了聲：「Sorry, thank you very much for your time.」側身招呼我，轉頭就走……身後並沒有傳來妥協的聲音；我倆都走出門口了……仍然沒有叫聲；我無奈正要往下一家禮品店走去。此時聲音傳來：「Wait, wait, come back, come back, my friends, let's talk.」於是我們又徐徐迴轉了過來。

仁丹鬍子滿臉委屈的苦著臉說：「Sixty, my lowest price.」「Thirty!」鼎公先生堅持。「Fifty!」「Thirty!」「O.K. O.K. Forty!」仁丹鬍子咬牙切齒，滿臉痛苦，「Thirty-five!」鼎公先生驟的出其不意，伸出五指，當機立砍。隔了將近一分鐘，「Alright,

alright……」仁丹鬍子才悲憤地做了決定，「I am losing money! No no no profit at all!」

微微一笑，正在掏錢的鼎公，忽然湊上前去，仔細端詳仁丹鬍子，一臉嚴肅的說：「You don't look very happy!」仁丹鬍子臉上，立刻加大了痛苦的力度，雙手誇張鎖喉，鼻眼嘴巴扭成一團，表示確實傷筋動骨，損失慘重。哪裡料到，鼎公先生把掏出來的錢，又放回到口袋裡，故意一個字一個字的用洋涇浜式的英文說：「You happy, I happy, I buy.」接著搖頭又搖手的說：「I happy, you don't happy, I don't buy.」說罷瀟灑的回頭要走。嚇得那仁丹鬍子立馬滿臉堆笑，連連說「I happy, I happy, look, I am really very very happy!」鼎公先生這時伸出手笑說：「You happy, you smile, you big smile and I big buy. O.K.」二人遂熱烈緊握雙手，大笑成交。

回酒店途中，我大開眼界的歎道：「薑，到底是老的辣！」「這是我做事情的原則，」鼎公先生細聲細氣的哼著：「You don't happy, I don't buy嘛！」於是我們自懷自寶，快快樂樂走回酒店，繼續開我們的「一九九〇開羅世界詩人大會」去了。

快樂男士快樂池

一九九九年，世界詩人大會在墨西哥第一海灘度假名城阿可不可（Acapulco）召開，世界知名的懸崖跳水聖地柯布拉達懸崖峭壁（La Quebrada Cliff）就在這裡，當地的海岸尖峰高達一百三十英尺，其下峽灣只有二十三英尺寬十三英尺深，跳水者必須到附近的瓜她魯珮處女神廟（Virgin of Guadalupe）祝禱一番，才能開跳，享受肉身高空刺水的快感。每年十二月女神慶典時，在峽灣海面上用汽油點燃火圈，成為「Ocean of Fire」，供跳水者展現絕技，情景從附近酒店（the Hotel Plaza Las Glorias/El Mirador）的陽台上，就可觀賞。

阿可不可在美國聖地牙哥與哥倫比亞的中間，從台北去，要先飛洛杉磯，再轉墨西哥航空，前後要二十個小時以上，才能到達。代表團由鼎公率領，到酒店時，已經晚上十點多，人困馬乏，累到不行。大家迅速入住，洗漱一番，早早進了夢鄉。我正倒頭大睡之際，忽然，電話鈴大作，說是鼎公先生要在他入住的總統套房，召開緊急會議，因應明天臨時變動的議程，我看看時間，快要深夜一點了。

我們一行四個大男人，在大會祕書長王吉隆先生帶領下，進入總統套房，在寬敞大客廳的大沙發上坐定，但見鼎公先生赤條條的，肩披大白浴巾，從臥室中精神奕奕的趕了出來，好像好萊塢電影羅馬元老院中不可一世的元老，給我們來了個一人無遮大會。我們四個人面面相覷，尷尬的不知如何是好。他卻好整以暇，一面擦著身子，一面交代明天要注意的變更事項，仔細聽來，並無什麼重大的有關會籍、國旗或代表權的問題要處理。關於我的部分，只不過是要在他的開幕英文講稿 keynote speech 中，加改一些文字而已。雖然在座的人，都上過成功嶺，都曾圍著露天大圓池，洗過戰鬥澡，但我臉上的尷尬，還是變成了難堪，心中的不悅也幾乎化為受辱的感覺。劉伯倫以「屋室為褌衣」的那種俏皮放誕，在古書中讀起來非常浪漫過癮，等到親身經歷「諸君何為入我褌中？」時，便吃不消了。此後幾天，凡是遇到開小型預備會，我都堅持在酒店咖啡廳碰頭，再也沒有踏進總統套房一步。

會議完畢，一行人一大清早五點左右走出桃園中正機場，鼎公與我因為都住敦化南路，故合乘一輛出租車，向台北出發。車子在重慶北路下了高速公路，轉入忠孝東路，經過台北車站時，他忽然吩咐司機轉到台北市議會對面的「上海快樂池」。

「現在時間還早，大家都還沒起床，我們去洗個澡，補個覺，吃個早餐，再回去。」我面有難色，沒有吭聲。「老弟呀！這可是我們男士專屬的享受，你沒有試過？」「小時候，隨我父親洗過幾次，已經幾十年沒去了。」「快樂池的服務可是一流的，沒試過，實在可惜，我是老主顧了，保證你滿意！」我看看車外幽暗蕭索的清晨，想想也是，心思有點活動，遂半推半就的下了車。既然行李也都搬了下來，我索性把心一橫，學那柯布拉達的跳水者，縱身往快樂池的蒸氣圈中跳去。

我從小家境小康，然在父親斯巴達式的教育下，秉承曾文正公的傳統，總以堅苦卓絕為高，不屑肉體享受。多年來，每次上理髮廳，都是陽春剪髮洗頭了事，認為把椅子放平，熱毛巾覆頭蓋臉的躺在那裡，等著刮臉按摩，是浪費時間。直到六十以後，才稍稍能放心享受毛巾熱敷，刮臉按摩，甚至泡腳的樂趣。

現在跳進了快樂池，當然又是一場無遮大會，泡澡、擦背、修腳之後，吃個早餐，或閉目養神，或呼呼大睡，不能不說是旅途勞頓之後的一大享受。可惜，此一傳統行業，近年來也已進入式微。五、六年前，九四高齡的父親中風臥床，言語不能，梳洗不便，想起正宗的上海澡堂，無限渴望，卻無人能解。好在父子連心，他無力手勢中的意思，被我揣摩出來。然快樂池早已風光不在，上網一查，只有承德路三德大飯店地下一層的三溫暖大澡堂，還有道地的傳統服務。這不但是一般男士的福利，更是行動困難病患老弱的一大福音。

非你幫忙不滿意

我雖然進入詩壇甚早，但結識鼎公先生卻晚，一直要到一九八九年天安門民運那年，才在國父紀念館因開會座位相鄰而晤談結緣，那年他已七五高齡，依舊體態壯碩，精神煥發。在此之前，我們見面的機會有過多次，不過，皆僅止於握手寒暄而已，無暇及於其他。這次話題投機，遂有恨晚之感。會後，他說要散步回家，住的地方，正好與我一樣，都在敦化南路，他居仁愛路圓環旁，我住忠孝東路側，穿走中間小巷來往的話，相距不過六七分鐘路程。

當晚十時左右，鼎公先生來電，約我星期天早上，在他家樓下的雙聖（SWENSEN's）美式西餐廳共進早午餐，有要事相商。雙聖大約是在一九八四年由舊金山引進台北，是台灣最老牌最道地的美式餐廳，早餐之豐盛，是有名的，非常適合留美人士的胃口。當時四十出頭的我，能吃能說，一餐下來，賓主盡歡，開始進入主題。鼎公先生單刀直入，邀我出任「世界詩人大會」（World Congress of Poet）祕書長，我也乾脆爽快，一口回絕。

我第一次參加世界詩人大會（WCP）是在一九七九年韓國漢城，此後又曾參加過各種不同的詩人大會，知道這種會議是一種以詩會友的旅遊觀光活動，人數多，場面大，可以滿足喜歡當眾朗誦者的表現慾。偶爾大會也會請名詩人到場演講，蜻蜓點水，一下就走，算是大會的重要點綴；而主辦國政府的高官顯要出場應景，才是真正的「高潮」。至於其他參與者的智賢愚不肖，詩作的好壞深淺庸陋突出，大家能不能聽懂或聽得下去，能不能專業交流或與文學沾邊，都是無關緊要的事，會後旅遊的精彩與否，才是關鍵。「詩人大會」的疹子，我已出過，無意再出。

余光中在為文弔念鼎公時，曾含蓄評道：「鍾先生晚年的詩，可惜未能發奮淬礪，層樓更攀，而任光陰耗費在次要的『以文會友，以詩結緣』」之上，惋惜他浪扔在詩人大會的精力太不值得，卻沒有看出，WCP早已取代了詩，成了他的「精神鴉片」，癮頭已成，難以戒除。

鼎公先生見我堅辭祕書長職，立刻退而求其次，希望我出任大會英文顧問，幫他處理重要英文信件。我回答說，顧問虛銜可免，文件我一定無條件代勞。他聞言大喜，邀我到樓上他書房坐坐。書房整齊清潔，一塵不染，他從玻璃書櫃中，取出一本詩集《雨季》相贈，說：「二十多年沒出詩集了，這是最新的一本，也可能是最後的一本！你留個紀念罷。」

說著他又從抽屜裡拿出一疊信件：「你看一下，有重要的，挑出來，我們一起回一下。」那個年代，市面已有初級個人電腦、磁碟片及針式打印機，能夠跟上時代純熟運用這些新玩具的我，對如何簡化文書處理這樣的瑣事，經驗豐富，所以就大方的答應下來。過了兩天，鼎公打電話來，問我有沒有傳真機，有急事要傳給我看，我說家裡還沒有，急的話，我可以過來拿。他忙說，那怎麼可以，太費事了。又過了一天，有工人上我家來，說是有一位鍾先生選購，要安裝Panasonic 最新型的電話傳真兩用機種。工人剛剛安好話機不久，文件就傳真過來了，真是效率驚人。

自從一九六九年菲律賓第一屆WCP大會後，鼎公先生成了創會元老與主腦，與美國女太太Rosemary Wilkinson 合作無間，聯合菲律賓與印度，把大會永續經營了起來。為了增強大會在世界各國的號召力與吸引力，深諳官僚運作、洞悉普世人性的鼎公先生，敦請魏京蓀太太在加州為WCP申請註冊立案，同時還配套註冊了一個太上機構：「世界文化藝術學院」(The World Academy of Arts and Culture, WAAC)，可以經營WCP並頒發桂冠詩人與榮譽博士學位證書。從此WCP在WAAC的指揮下，交互配合運作，擴大營運項目，帶著中華民國的國旗，正大光明，出入世界各國三十餘年，無往不利，成為上個世紀外交史上的奇蹟。

WAAC雖然在美國註冊，但其實際的地址卻設在陽明山文化大學前，鍾鼎文向台灣銀行租來的別墅。一九八六年，鼎公為知名學者作家蘇雪林（1897-1999）教授在院內慶祝九十大壽時，我還不知道有這麼個所在，後來也不見再有什麼活動舉辦，可見他在國內行事，還是十分低調的。

鼎公在世界各地主持的WCP盛會，我至少有三次隨隊參加的經驗，每次都目睹他在台上台下，受到大家熱烈的歡呼。如此風光好事，當然有人在一旁看了要羨慕、忌妒、覬覦，於是世界詩人大會，遂鬧出過「雙胞案」甚至「三胞案」。不過這些人都沒有摸清鼎公先生上述「自欺欺人」手段的竅門，就像一般人弄不清「反攻復國」或「獨立建國」的竅門一樣，最後這些前來踢館的大會，都只落得曇花一現而已。日後談及此事，鼎公先生總是不經意的，露出一臉滿滿的自豪，大有「天下英雄『盡』入我彀中矣！」的味道。

譬如「桂冠詩人、榮譽博士」證書，就完全是先「自欺」，然後再「欺人」的例子，不值識者一笑。不過，鼎公先生既能狡黠看穿世界各國政府民間皆有此需要在先，又能適時提供「華麗隆重」的盛大服務於後，當然要廣受大家的歡迎與推崇，成為各國總統套房中的上賓。所謂「證書」，不過是一本精裝精印沒有內容只有封皮的書，但WAAC卻每每斟酌再三，絕不濫發。「一濫，就不值錢了！」鼎公撇嘴看著四周送來的禮物說：「要頒給你，你還不要！看，這些人排隊都排了好幾年了，我還不能就這麼輕易給呢。」幾年後，鼎公無論如何還是在開大會時，讓我措手不及，頒發了兩張給我，既然無法拒絕，也就順勢接受。說實話，這兩張證書，日後不知究竟擺到哪裡去了？但，可以肯定的是，我並沒有將之隨手丟棄。

少年天才頹唐老

鼎公先生雖然是「新詩渡海三家」之一，《藍星》詩刊創社大老，但我對他的敬意，卻來得甚晚，而且是在讀完《雨季》之後，才對他的詩才，刮目相看，這可是他五十四歲壯年時期的抗鼎力作。於是我開始找到他早期的作品來讀，細味之下，覺得他在近百年的新詩長河中，堪稱是苦苦承繼並發揚新月格律派浪漫詩風的殿軍人物，作品氣勢雄渾嚴謹，韻腳鏗鏘有力，與現代派詩風的口氣語調，大異其趣。余光中在弔文中，認為他受了格律的束縛，手腳不能放開，在創作上錯失了另闢新境的大好機會：「其實，他來台初期的代表作〈人體素描〉，語言恬靜，隱喻生動，比起五〇年代一般台灣詩來，相當突出，就算置於當前台灣一般的得獎詩作，也絕不落後。他把頭髮喻為青春的旗語、白色的降旛，又把肚臍喻為殖民時代留下的枯井，一聲啼哭，發表了獨立宣言。值得注意的是，這首組詩傑作，娓娓道來，反而擺脫了他慣用的鏗鏘腳韻。」

我倒以為，無論是寫「自由詩」或「格律詩」，想入上乘境界，都不容易，重點在是否能在題材與形式配合時，選擇恰當「主述之聲」，也就是營造恰當的主述口氣與語調。例如《雨季》的序詩〈檜柏與珊瑚〉便是一首九十六行，氣勢一貫，想像雄奇的佳

▲一九六七年，鍾鼎文《雨季》。

作，語調蒼老沉潛，從容不迫，韻腳時現，自然有勁；另一首〈濁水吟〉亦復如此。寫詩，只要不以詞害意，不要被形式束縛了內容，我以為，自由詩中不妨有自然的押韻出現，格律詩中也不必處處死守一定的韻腳。不過，自從紀弦在一九五三年大力提倡「現代詩」以來，台灣詩壇幾乎全成了自由詩的天下，像鼎公先生這樣執拗堅持以格律押韻創作為主的詩人，越來越少。他就像刊印在《雨季》書名頁圖案裡，那位持傘獨行雨中的旅人，任四周自由詩的句子大雨傾盆，手提包中鼓鼓的格律詩，仍在傘下保持一卷乾爽明淨。

讀罷《雨季》，我發現此集是中國新詩史上，唯一全本以抒寫台灣地理名勝，風土

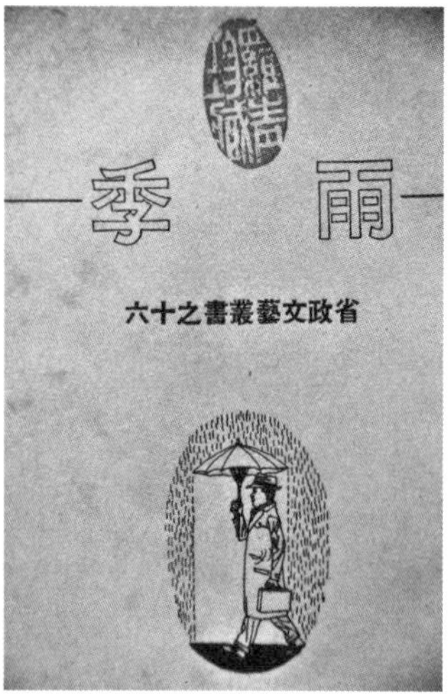

▲一九六七年，鍾鼎文《雨季》。

人情為主的專書，然字裡行間，又全都籠罩在綿綿的思鄉愁雨之中，渴望海天放晴，結伴還家的那一天。我有動於衷的寫下了一句讀後感：

苦雨中的太陽是黑的……

並在詩集後的空白頁裡，隨手畫出一幅山水，浮沉在半個黑太陽之下。日後鼎公先生看了，大為謬賞，興致匆匆的說：「將來出我的全集《年代》時，可以作封面裡的圖案用。」可惜他此後老筆頹唐，意有餘而力不足，無有精力心思花在全集的經營上。值得一提的是，鼎公先生早知道我論新詩三書《詩的溫度計：從徐志摩到余光中》、《詩的風向球》、《詩的照明彈》無一語提及他，他對我，也從頭到尾無一語提及此，其胸襟風範如此。

說到底，詩要寫得好，非特要有詩才，而且還要有胸襟才行。鼎公早年在大陸與紀弦一起辦《星火》半月刊（1935）時，用的筆名是「番草」，這是他在安徽安慶中學讀書時，兼任《皖報・副刊》主編的國文老師高歌給取的，原因是為了發表他一首習作〈塔上〉。

那年，他才剛滿十四歲，真是名師具慧眼，高徒展奇才，詩中少年的情懷與胸襟，不得不令人擊節驚嘆。前幾年，鼎公先生以近百歲高齡辭世，走完多采多姿的一生。他天才的花朵，曾以各種不同的方式，熱鬧開過，但卻也終歸要「又寂寞地落下」，而花朵落地無聲的迴響，不知何時才能不絕如縷，清清楚楚的再度傳來。

▲二〇一二年九十八歲的鍾鼎文。

〈雨中的太陽是黑的〉
——紀念大詩人鍾鼎文逝世六周年

羅青

綿綿苦雨中的太陽應該是黑色的
黑太陽不斷灑下的汁液是水銀的
讓懸在希望枝頭的顆顆金色夢想
中毒潰爛、掛枝暴斃……無處埋葬

紅潮浪花洶湧裡的月亮是五角的
尖角劃破一封封的天真是雲白的
讓裡面幻想的種子摔跌成鐵蒺藜
刺破所有歸鄉的輪胎懷鄉的鞋底

只有藍稿紙上的音符是發藍光的
藍色音符閃爍成的詩心是透明的
不顯眼的夾掛在一掌枯枝的指尖
又映入天井中一口水井的深藍裡

後記：

鼎公先生是忠貞的國民黨員，在自由詩的狂潮下，與詩友覃子豪、余光中創辦《藍星》詩社，獨自一人，堅守浪漫格律詩的創作，成績斐然；雖然無人聞問，但卻終成新詩百年之浪漫派格律重鎮。謹以此詩，效法不斷遭到嘲笑、貶損、無辜的豆腐乾體，向新詩渡海三家，台灣詩壇三老之一的他致敬。所配之畫，是一九八九年我在鍾老贈送詩集《雨季》（1967）封底扉頁上一時興起，信筆塗抹的。

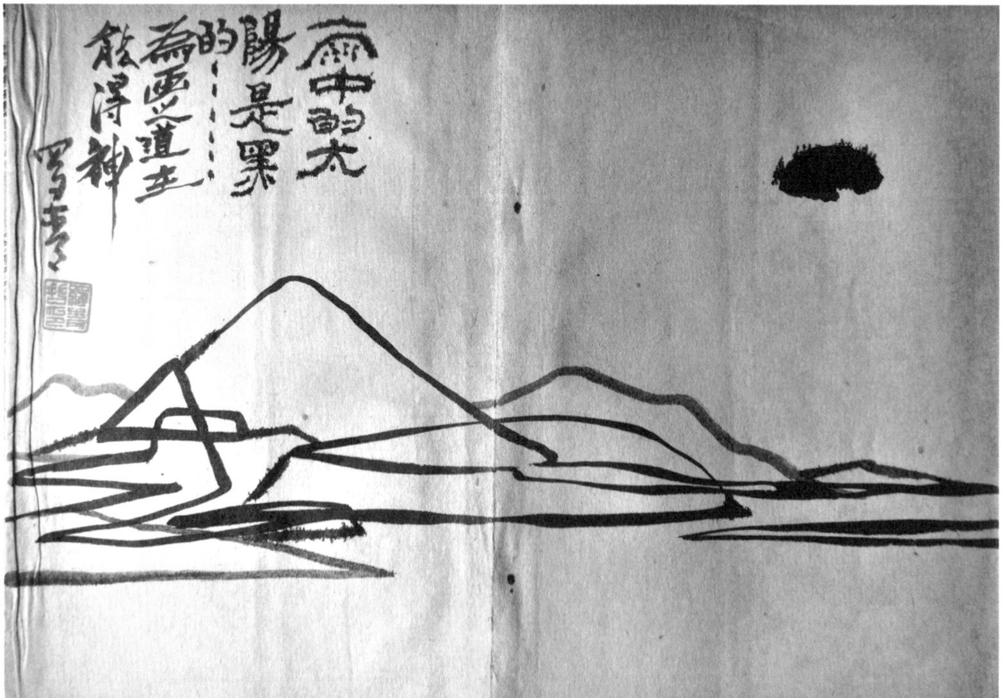

▲羅青作〈雨中的太陽是黑的〉，繪於鍾鼎文詩集《花季》封底裡，一九九〇年。

卷四

懷高陽（1922-1992）

我就是胡雪巖
——紀念懷高陽先生

㈠我就是胡雪巖

高陽先生許晏駢（1922-1992）與我雖然多年在台北同住一條巷子，當時叫敦化南路三五一巷，但卻沒有什麼來往。大家或寒暄而過，或擦肩而過，他寫完他的《慈禧全傳》開始寫《胡雪巖（1823-1885）》，我出版完我的《吃西瓜的方法》，又出版《神州豪俠傳》，大家全無交集，倒也相安無事。

一九八〇年代的三五一巷附近，文化名流薈萃，詩人、小說家、書畫家、油畫家、出版家、學者、服裝設計家，進進出出，每星期抬頭低頭都要遇上好幾個好幾回，早有「名人巷」的稱號。像高陽那樣，偶然在巷子的盡頭，短褲汗衫，嘴上叼著一支

「長壽」菸，手上拎著一包豬頭肉，漫悠悠的晃蕩過來，並不是什麼了不起的奇景。

到了一九八二年，事情有了變化，他的《高陽說詩》出版了。走在巷子裡的他，手裡拿的，換成了熱騰騰的新書，見面就送我一本，笑著說：「請指教囉！」

他之所以會積極動手，出版詩論，是因為前不久，《聯合報．副刊》發表了美國柏克萊大學比較文學新科老博士水晶的長文，按照美國新批評（New Criticism）的字句肌理質量分析法，把李商隱的〈藥轉〉詩（見附錄），曲折離奇的解釋為神妙的私通墮胎事件。讓鑽研古典舊詩入迷的高陽，看不下去，為文糾謬，指出該詩引用僻典，興起大霧，說穿了不過是講「入廁出恭」罷了，轟動一時，令人絕倒。從此，我們在巷口，便有了共同的話題。

來而不往非禮也，得了贈書，當有回報。除了細讀精讀拜讀之餘，對貪杯詩話家的最佳回饋，當然是美酒小菜，外加徹夜拍案論詩。那年我三十七歲，高陽六十三，正好是我寫此文章的年齡。果然，我一搬出茅台的香氣，小說家高陽立刻變成了酒徒高陽，如台公靜農一樣，從此成為「大塊齋」中的常客。此書後來榮獲中山文藝獎文藝論著獎，於兩年後，出版了增訂本，我倆論詩的閒話，也「增訂」入了書中。

一日，他酒酣耳熱之際，得一聯曰：「小廚飯菜，大塊文章」，立刻命我尋紙筆寫

▲羅青〈書高陽四言聯〉：「小廚飯菜，大塊文章」，一九九二年。

下，「我最喜歡你的隸書，寫給我來掛掛！」可是，這幅對子我一直沒有機會寫，等到高陽公辭世後，才含淚於暗夜大雨聲中寫出，紀念故人。

當時我聽了吩咐，正在展紙磨墨，準備試筆。忽然，他半帶醉意的正色大聲對我說：「我就是胡雪巖！」話聲甫落，便急索紙硯筆墨，說時遲那時快，一張條幅七絕行草，傾刻而就。

周郎已去王郎健，猶有江郎畫筆雄；
珍重留身閱世變，可知一瞑萬緣空。

他收筆壓紙，看了看行氣，覺得寫得還可以，便笑著對我說：「這是以胡光墉的口氣寫來送給你的，看看如何？」言罷，把詩又唸了一遍道：「雪巖不是詩家，此詩要是改得太好，便不合他的身分了。」

正在一邊磨墨的我，聽了又驚又喜，心想果然是小說家本色，隨時隨地，融入角色，手下的墨條頓時加了把勁，回答道：「太好了，那就快請落款吧！我現在正準備出版一本書叫《什麼是後現代主義》，你這幅字，絕對是後現代的。就像晉右將軍王羲之

（321-379）為唐太宗（598-649）寫《大唐三藏聖教序》一樣，實在妙不可言。」他聞言欣然同意，快然落筆，觸紙便書：

羅青仁兄大人雅正　雪巖弟胡光墉學書

語意位置，完全合乎晚清咸豐年間書法家落款的口吻與習慣。「大塊齋」所藏清代道光咸豐光緒時期名人名聯名畫，約有三百多件，款識一律都是「某某大兄大人」或「仁兄大人」，絕少例外，小說家的雜學之精，在書畫落款之際，可見真章。高陽先生的博學多聞，絕非浪得虛名。

詩中的周郎，當然指的是三國周瑜；而歷史上叫王郎或可以叫王郎的不少，在這裡應該是指與周郎時間相近的江左夷吾王導；至於江郎，那只有夢傳彩筆的江淹可當了。首句的王郎，當是高陽夫子自道，而早已才盡的我，則勉強可以找江郎對號入座。好在江淹被收回去的，僅是「詩文之筆」，而我手上另一支「畫筆」，現仍在指掌之間，尚可周遊世界各地展畫，盡情隨意揮灑，快意中外天下。

當年「大塊齋」中的詩酒之會，只持續了一年不到，便隨時運變幻而逝。如今高陽

▲高陽行書〈胡雪巖贈羅青七絕一首〉條幅，一九八四年。

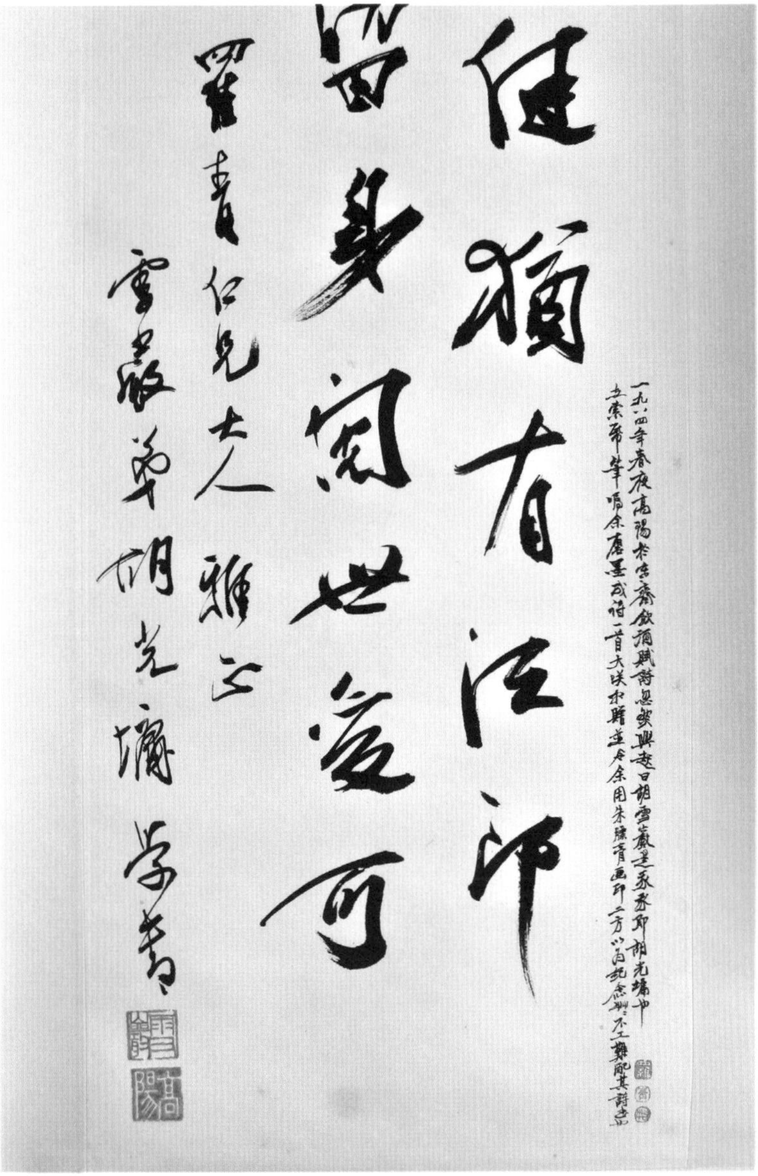

▲高陽行書〈胡雪巖贈羅青七絕一首〉（局部）。

先生墓木已拱，匆匆已近二十年，睹物思人，默然良久良久。其間我目睹政黨輪替過去又輪替回來，經歷多起誣告又終於全都勝訴定讞。所謂「世變」，已然閱過，尚欠「一暝」而已，只好繼續「珍重留身」，無奈細看家國隆替，含笑靜觀人物興衰。

㈡偶然興發示皮相

高陽先生愛酒，小菜不拘。一日，他自備豬頭肉一斤，深夜至寒齋，痛飲我提供的「強你行者」（Johnnie Walker）數杯後，興致來了，索紙找筆，準備作書。並笑說，曾得自拍相機一台，自我留影，並得詩一首，寫給你看看。我說清人喜倩人作水墨小象，並題自作詩文於其上，語多詼諧，妙絕天然，至今已成絕響。如趙之謙有〈自題撝叔四十二歲小象〉云：

群毀之，未毀我也，我不報也；
或譽之，非譽我也，我不好也；
不如畫我者，能似我貌也；

有疑我者，謂我側耳聽開口笑也。

我挑釁的加上一句：不知老兄之詩，不知能不能與之抗衡。高陽一聽，雙眉一揚，大喝一聲：「待我寫將出來，再與之一較高下！」詩云：

酒子書妻車是奴，嘉肴如妾老堪娛；
偶然與發示皮相，孤鶴空潭照影癯。

書罷，他斜肩側筆，回頭望我，微搖筆桿，問道：「如何？如之何？」我連忙諂媚道：「高明！高明！清人無論，可以直追明人！看樣子只有沈周的《自題八十小象詩》，差可比擬。」

「哦，沈石田有〈自題小象詩〉？唸來聽聽。」我立刻施展身手，娓娓背來：

人謂眼差小，又說頭太窄；
我自不能知，亦不知其失。

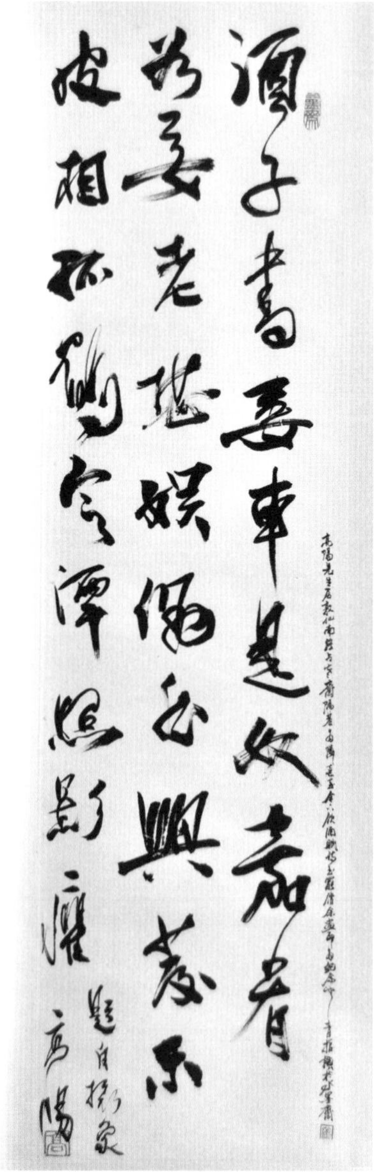

▲高陽行草〈題自攝象〉條幅贈羅青，一九八四年。

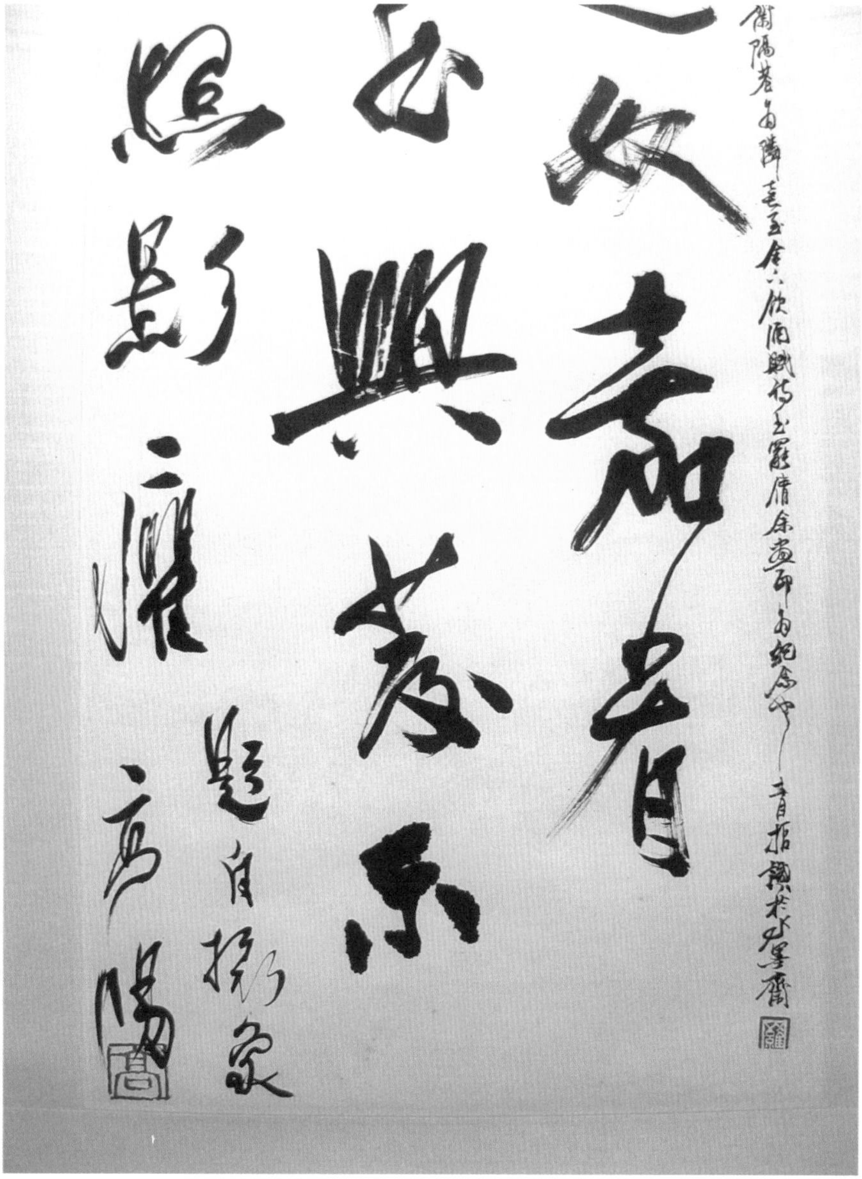

▲高陽行草〈題自攝象〉（局部）。

面目何足較，但恐有失德；
苟且八十年，今與死隔壁。

這是第一首，有點看不開；越年，他又題了另一首，看開了，詩云：

似不似，真不真；
紙上影，身外人。
死生一夢，天地一塵。
溪休休，吾懷自春。

背完了，我偷眼看他，一臉狐疑神色，似乎在思索，我這些材料，到底是從哪裡弄來的？我卻暗自得意竊笑，心想，這些東西，多半是從世界各大美術館的庫房裡，抄背下來的，歷代筆記雜文裡，哪裡找得到？

趁他正在發楞之際，我大大方方又補上一句：「石田之詩，本自平平。老來白話放筆，單刀直陳，亦自可觀。不過老兄之作，得長吉、長江、義山之助，豁達詼諧與之相當，老辣幽峭或能過之，不知確否？」

高陽聞言，一掃猶豫，拍掌大笑道：「馬屁拍得好極妙極，可以再乾一杯。」

高陽在寒齋作書，都是臨時起意，一時興會，從不帶圖章鈐印。書罷落款後，一定要我用朱膘筆代繪圖章，或白文，或朱文，多所講究，馬虎不得。我只好以筆代刀，當場「刻畫」一番，錯不得一筆，十分要命。因此，我每得他一幅字，至少要弄出兩方章子來，方能交差，造型要斑剝有古意，印色需潤澤如新蓋，總之，要外行絕對看不出來是畫的，才能過關。

例如依清代書畫家鈐印慣例，落下款識後，通常下接二印：一朱文，一白文，姓名印與字號印，相互配合，紋彩煥然。我為〈高陽代胡光墉書贈羅青詩〉條幅，畫了兩方印：一是朱文印「雪巖」，另一是白文印「高陽」用以昭告後世，避免誤解。如今，受命繪畫圖章這件差事，對我來說，也已成為絕響。

浪笑榴花不及春

忘年好友張佛千先生，追懷高陽時說：「高陽先生自負多才多藝……也喜歡作詩，寫現代很少人寫的古典詩，當然他功力不錯，不過沒有他小說來的拿手。他也喜歡填詞，就不如詩了。晚年喜歡寫字，拿他的字寫他的詩詞送人，寫他的對聯送人，當然這個字，不是書法家的字。」

佛老是真正的高公老友，談他為人處世時，常常多方維護，譽之為大天才，捧之為大名士，認為他可以完全不拘世間小節；然論及詩詞書法時，則一本正經，絲毫不假辭色，筆走春秋，一字褒貶，絕不含糊。

不像我，在談論今人寫的舊詩詞時，常開方便奉承之門，多鼓勵讚嘆之詞，少認真評論之語。原因無他，古典詩詞這門老手藝，早已瀕臨滅絕，像于右老、周棄子、李漁叔那樣的大才，都沒有振興過來，何況其他庸碌之輩。保育之念既生，寬愛之情轉厚，只有含笑一旁，不懂裝懂，靜觀其變，樂觀其成。

不過，古典詩一旦入門，自有其迷人之處。猶如四王畫法一旦入手，便容易終生甘心在董源、巨然、大癡筆墨中打轉一樣，很難自拔。古典詩平仄押韻迷人是其一，用典使事迷人是其二，集句炫才迷人是其三。高陽是三者皆迷，病入膏肓，尤其是對集句一道，癡迷甚深，只有另一位超級天才周策縱先生，可以與之匹敵。

高陽嗜義山（813-858），通讀《玉谿集》，從封面到封底，可謂滾瓜而爛熟。他除了喜歡為之作鄭箋外，更喜集其晦澀難解之句為晦澀難解之詩，在獺祭博奧的詩情畫意中，享受那種重建一座破碎迷宮的無上樂趣，被他拾掇進來的斷瓦破磚，無不古意盈然，謎團處處，作者讀者，一朝雙雙進入其中，便會陷入尋找「解鑰」，不再想出來的危險。

下面這首〈無題——集義山詩〉，是他隨手拈出的戲作，書寫出來，送給我做個紀念，或有斑爛古劍贈知音的想法，讓常常拍他馬屁的我，有點受寵若驚。全詩如下：

浪笑榴花不及春，不知原是此花身；
幽蘭泣露新香死，錦瑟驚弦破夢頻。
那解將心憐孔翠，枉緣書札損文鱗；
低樓小逕城南道，緣繡笙囊不見人。

正文寫完後，他意猶未盡，再補上四行邊款，說明緣起：

偶集義山一首，但有意境，何必本事，羅青吾兄方家曉其意也，率寫呈教，時在甲子國慶後二日，偶飲於大塊齋，醉後無狀，不自知其醜也，高陽。

民國七十三年（1984），歲在甲子，六十二歲的高陽，創作與文名，雖然都達到顛峰狀態，但眉宇之間，總透露著一絲落魄神情。他四十九歲才結婚，年過半百才育得一女，又因投資屢次失敗，導致琴瑟齟齬不調，飽嚐婚姻家庭破碎、獨居趕稿還債之苦。現在看來，當時他雖藉玉谿生之口，大耍煙幕，寫得迷離奇幻，但骨子裡還是自傷身世坎坷，慨嘆寂寞。

多年之後，我撿出此詩，在交付裝池之前，於空白處，也補上了四行題記，緬懷這位博聞強記喜用僻典的詩朋酒友：

時人但知高陽擅於小說，曲折幽深，委婉動人；又知其精於考據，妙解詩詞，令當代名公博士，為之汗顏；更知高公嗜酒，不醉不歸；而鮮知其書，亦當行本色，不讓書家專美。此乃酒足之後所書，氣勢一貫，筆鋒逼人，真詩人之筆法也。水墨齋藏高書三幅，此為第一，羅青識，距高先生書此，已匆匆十五年矣，時光催人，以至於斯。高公作古久矣。

李商隱是用典狂，向來有「獺祭魚」之稱，經常經籍散落，下上滿屋，只為了求活用一則冷典，至於讀詩者的死活，他是不管的。高陽是玉谿詩迷，自然也是體尚西崑，喜歡大掉書袋，用典如抽菸，一根接一根，菸蒂扔了一地，任憑後人挑扔拾撿。

事實上，集句詩就是用典的擴大，讓全篇皆典，把書袋一次掉足，十分過癮。高陽集句，雖然有時故弄玄虛，為佛千先生所不許，但總體說來，還是有真感情的，沒有淪為以典故代字代事的文字遊戲，若論雄渾沉鬱，是有不足，但講寒瘦幽冷，則多有例子可證。

然而斯人已去，妙音不再，一個時代有一個時代的選擇，一個地區有一個地區的偏好，多說無益，抱怨何必；大家記得也好，忘記也罷！正是小巷車滿，說詩人再難得遇；敦南大道，依舊是綠樹濃蔭。

附錄：李商隱〈藥隱〉詩：

鬱金堂北畫樓東，換骨神方上藥通。
霧氣暗連青桂苑，風聲偏獵紫蘭叢。
長籌未必輸孫皓，香棗何勞問石崇。
憶事懷人兼得句，翠衾歸臥繡簾中。

不知原是此花身

——仿高陽釋〈高陽仿義山無題詩〉

小說家高陽與小說家蔡文甫，雙雙供職於台北《中華日報》，高陽是總主筆，專寫社論，有如報社武將；蔡文甫主編文藝副刊，是文臣，一文一武，一時瑜亮。主筆高，好飲酒，上班時輒嚐各式佳釀，微醺後下筆縱橫千言，一展書生報國之忱；主編蔡，好友朋，下班後創辦九歌出版社，服務連絡作家，結集新作出版。蔡主編生財有道，外號「蔡九棟」，房產甚夥。高主筆則文債錢債雙台高築，不得已，提前退休，預支退休金還債；之後，鎮日埋首於小說書稿之中，還是還債。

一九八〇年代中，一個微風疏雨之夜，高陽在「大塊齋」飲酒至微醺，告訴我，他一部小說剛寫完，騰出手來，可以繼續偵辦李義山的〈無題〉詩案，判決文即將寫就，主要索隱玉谿生與小姨子的一段豔情，他那組惹人疑猜一千多年的〈無題〉詩謎，指日可解，心中十分暢快……說到此處，他急索紙筆，隨手拈出七律一首，墨氣酣暢的寫了下來，送給我做紀念。他說此詩是寫完〈《錦瑟》詳解〉後所作，題目十分簡單，只有六個字：〈集玉谿生一首〉，並坦言「看起來是文字遊戲，很像義山的無題詩」，又說：「朋友大多認為有『本事』在內；亦有人搖頭，道是『不知所云』。」全詩如下：

浪笑榴花不及春，不知原是此花身；
幽蘭泣露新香死，錦瑟驚弦破夢頻。
那解將心憐孔翠，枉緣書札損文鱗；
低樓小逕城南道，緣繡笙囊不見人。

全詩書罷，見尚有餘紙，於是，再補上四行高低錯落的款識，說明緣起：

偶集義山一首，但有意境，何必本事，羅青吾兄方家曉其意也，率寫呈教，時在甲子國慶後二日，偶飲於大塊齋，醉後無狀，不自知其醜也，高陽。

看他這樣一寫，不太能「曉其意」的我，也只好點頭裝懂，假充行家。

詩雖不懂，但對集句詩，我還是有看法的；於是便賣弄的說：汪辟疆（1887-1966）《玉谿詩箋舉例》論義山詩云：「假物寓慨，隱而能顯，是徐熙、惠崇畫法。」認為玉谿生筆法，走的是徐家野逸一派。我認為，你的集句無題詩，有如黃公望集董源「礬頭皴」、巨然「長短披麻皴」，筆法似斷實連，畫〈富春山居圖〉，但求抒寫己意，不論本事如何，至於富春山水的地理實景，已經不重要了。高陽聞言，揚眉微微一奇，放下手中毛筆，鄭重對我說：「如此論畫說詩，聞所未聞，可以乾上一杯。」

然而，要徹底了解高陽此詩，追尋本事，仍是少不了的。多年之後，我終於慢慢弄懂了全詩的意思，現在仿高陽解義山〈無題〉詩筆法，解高陽的無題詩〈集玉谿生一首〉。

高陽書寫此詩時，年紀六十有二，是他五十九歲離婚後的感慨之作。高陽晚婚，四十九歲才覓得佳侶，新娘小他二十七歲，三年後，年過半百的他，育得一女。每當朋友戲稱他為「中國的巴爾扎克」時，他把手一擺，撇嘴笑道：「愧不敢當！我跟巴爾扎克唯一相似的，只有晚婚這一點。」

照理說，他得擁嬌妻稚女，享受天倫之樂後，應該諸事順遂，筆耕豐收才是。但他自恃精通生意之道，把稿費與嬌妻名下的兩幢房子，通通押進生意之中，大投其資，屢投屢敗，屢敗屢投，導致琴瑟齟齬不調，飽嚐婚姻家庭破碎、獨居趕稿還債之苦。他後來不服氣的跟我說：「不是我生意經不精，運氣不好，而是我太相信朋友！」

高陽在小說裡做起生意來，門檻算盤，曲折通透，精彩絕倫，非商場老手，豈能臻此；不料一旦親身實戰，連戰皆北，連累妻女，賠上家庭，無奈困守稿紙，苦爬格子，借錢還債，一塌糊塗，令人為之扼腕。無獨有偶，張愛玲在小說裡剖析男女情愛，世故練達，刀刀見骨，明徹之中，兼有辛辣，沒有靈根宿慧，實在無從下筆；要命的是，一旦遇到胡蘭成那個澆薄浮淺淨耍貧嘴的鼈三大騙子，居然把我們的「張派」掌門祖師奶奶，弄得六神無主，方寸大亂，咬牙含恨，進退失據，幾乎連小說也寫不下去了。她不單人財一再兩失，而且終身愁眉自閉，與世隔絕，叫人不得不掩卷一聲長嘆。如此「高債張愁」，可謂近代文壇兩大憾事，可入《新編成語大辭典》。

在與元配鬧離婚期間，他識得一紅粉知己，在台北城南永康街與麗水街一帶，開設小館，以家常私房菜為號召。我的學生張大春、張國立，本來是「草根詩社」的同仁，後來，「側叛」師門，放棄新詩專攻小說，想要私淑高陽歷史小說的筆法，常常呼朋引伴，出入其間，高陽與老闆娘也大方接待，與大家打成一片。女主人對高陽無比體貼的照顧，眾目睽睽，皆可作證。過了一年，他終於辦妥了離婚協議書，恢復自由之身，但

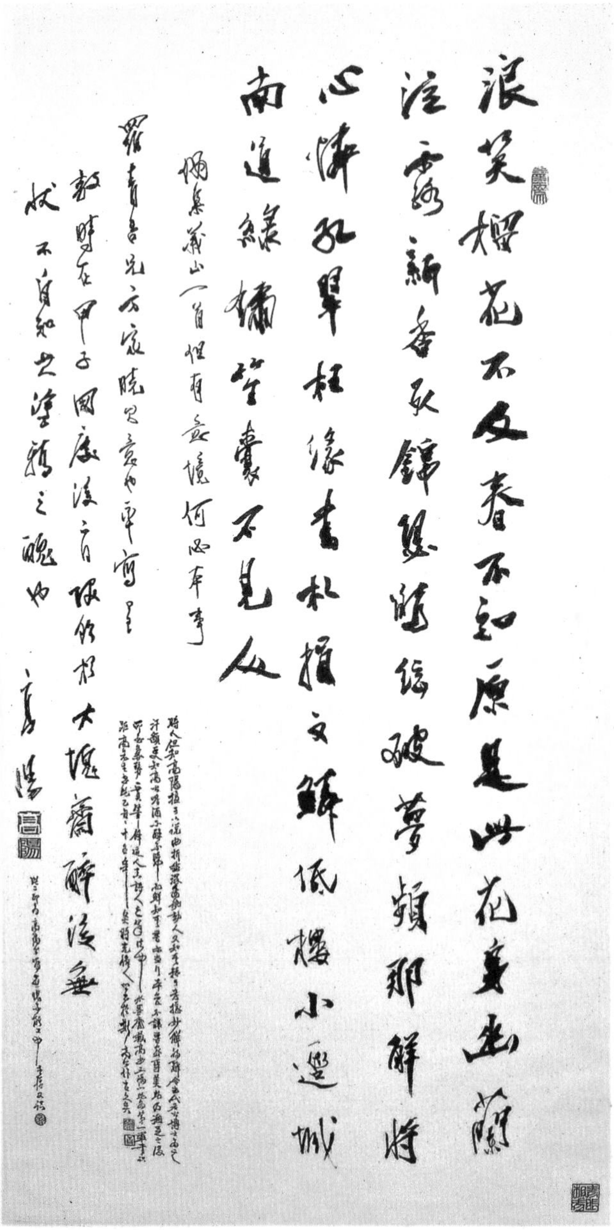

▲一九八五年，高陽行書〈無題—集義山詩〉大中堂贈羅青。

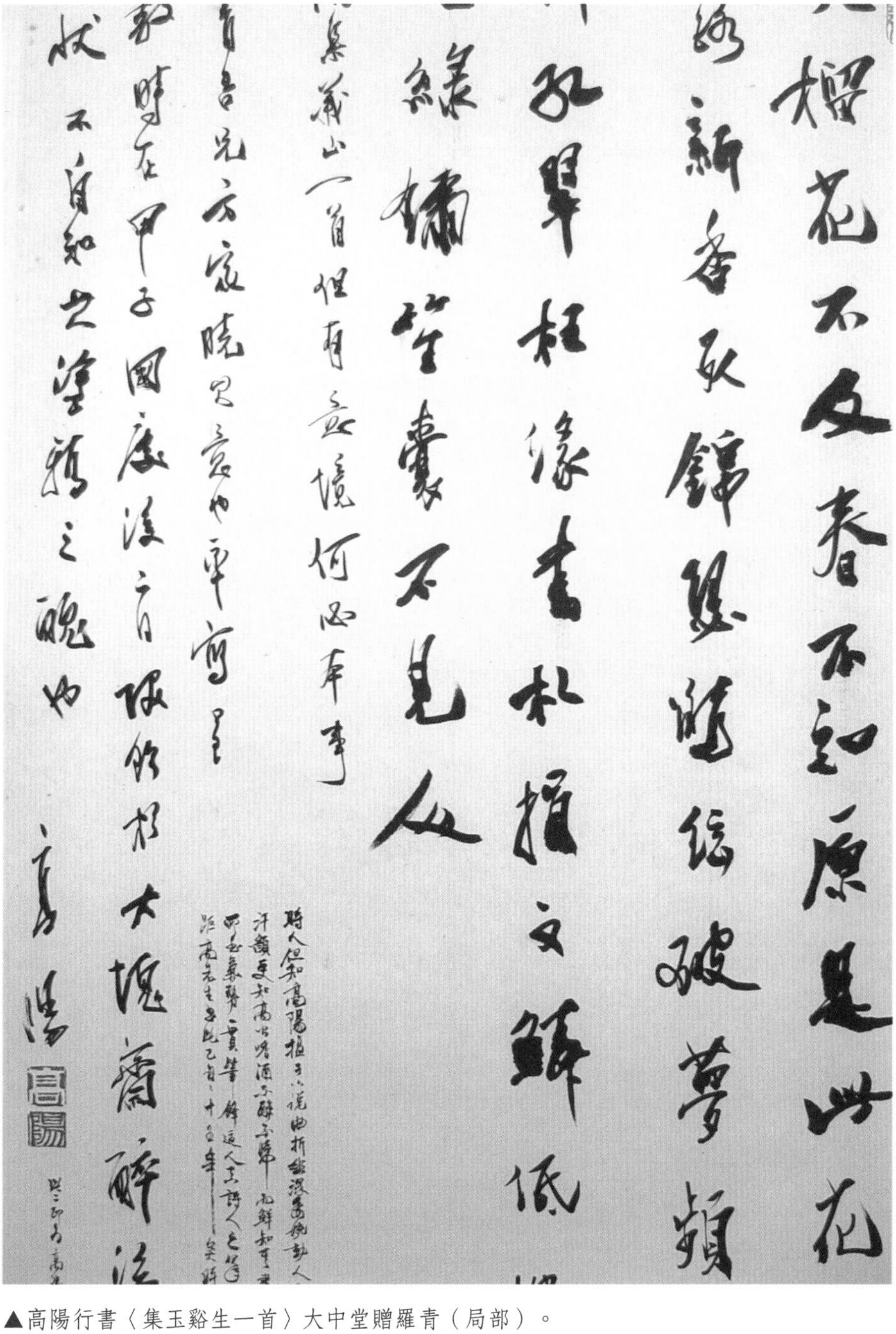

▲高陽行書〈集玉谿生一首〉大中堂贈羅青（局部）。

卻飄然一人搬來城北敦化南路，在三五一巷之中，與我成了鄰居。不久，永康街的小館，突然歇業，人去樓空，知己不再。這段往事，時間不長，記得的人不多，算是一樁祕辛。

一日，我在敦化巷口遇到高陽，身旁出現一位陌生的紅粉佳人，他笑著介紹是吳小姐，從此兩人出雙入對的身影，常在街頭巷尾可見。不過，高陽來我處飲酒聊天時，卻總是一人，吳小姐從不隨行。

有了以上的「考證功夫」，高陽的無題詩，可以破解過半矣！

此詩首聯「浪笑榴花不及春，不知原是此花身。」集得天衣無縫，自然渾成，真有神鬼斧神工之妙。首句：「浪笑榴花不及春」，出自〈回中牡丹為雨所敗二首〉的「浪笑榴花不及春，先期零落更愁人。」次句「不知原是此花身」出自〈木蘭花〉：「洞庭波冷曉侵雲，日日征帆送遠人。幾度木蘭舟上望，不知原是此花身。」石榴於春花落盡後的五月才開花，象徵他晚婚的無奈。

頷聯「幽蘭泣露新香死，錦瑟驚弦破夢頻。」第一句，出自那首有名難懂的〈河陽詩〉：「幽蘭泣露新香死，畫圖淺縹松溪水。」次句仍出自〈回中牡丹為雨所敗〉：「玉盤迸淚傷心數，錦瑟驚弦破夢頻。」大約是說，妻子時常哭訴，新婚不再燕爾；琴瑟勃谿不調，好夢頻頻驚破。

頸聯「那解將心憐孔翠，枉緣書札損文鱗」，首句出於〈題鵰〉「眠沙臥水自成羣，曲岸殘陽極浦雲。那解將心憐孔翠，羈雌長共故雄分。」次句出自〈題二首後重有戲贈任秀才〉「虛為錯刀留遠客，枉緣書札損文鱗。」「孔翠」一句，說自己一人獨居如雄孔雀，雖然文名日盛，但生活卻乏人照顧，修書寫信欲和妻子重修舊好，然因「錯刀」（漢王莽所鑄錢幣名）之故，也就是金錢債務之事，而無有回應。

尾聯「低樓小逕城南道，緣繡笙囊不見人。」第一句出自〈河內詩二首〉「低樓小逕城南道，猶自金鞍對芳草。」第二句出自〈河陽詩〉「緣繡笙囊不見人，一口紅霞夜深嚼。」大意是說，城南小巷低樓本有知己可以相濡以沫，有芳草可以休息金鞍，但轉眼之間，只剩回憶如一空蕩的「緣繡笙囊」，再也不見吹笙弄樂之人，更遑論夜深咀嚼「紅霞」之樂。

全詩釋罷，方知高陽看似藉玉谿生之筆，潑墨大寫意，弄得滿紙迷離奇幻，超以象外，但仔細追尋墨瀋查看，水暈之中，仍有「骨法用筆」在焉，暗暗勾勒坎坷身世遭遇，慨嘆緣淺寂寞情傷，嚮往佳人繾綣纏綿。

畢竟，一人獨居日夜趕稿的生活，對年已六十的他，是太過艱苦難熬了些。無怪乎他在〈自題小象〉一詩中要說：「酒子書妻車是奴，嘉肴如妾老堪娛」了，除了紅粉知己外，又有什麼比佳餚美酒，更能寬慰一個一身是債的單身老才子呢？

「詩人不幸詩家幸」，高主筆因事業投資失敗，家庭生活受挫，反而讓他留下了三千多萬字的小說精品妙筆，還有許多戛戛獨造的詩論，大大的便宜了貪得無厭讀者，真可謂「賦到滄桑句便工」。蔡主編因出版事業繁忙興旺，暫時擱下手上小說健筆，然卻成就了無數好書出版，同樣也大大的便宜了嗜書如命的讀者。二位老友，從一時瑜亮，到殊途同歸，共譜文壇佳話，可說是便宜了中國新文學史，大大的。

立體說詩方法奇

——懷高陽先生的「小說詩話」

小說家高陽，嗜酒而不酗酒，三杯下肚，立刻變身，成為詩人詞家高陽，最喜噴著酒氣說詞談詩。

尤其是在好酒小菜之後，高陽常謬以我為知音，最愛在寒齋中，飲酒談論句法筆法，於吟誦擊節之餘，多次在文章中引用我的論點；又常在微醺之後，弄墨作書至深夜。其實我並不真懂古典詩詞，但卻不忍說破，於是只好勉力敷衍湊合，盡量不掃他的興致。不過在應答之間，往往有意外發現，得益甚多，別有一番樂趣。

五四運動前後，古典詩日漸式微，新詩興起，幾十年間，各種詩選，層出不窮，而耽溺於古典詩詞的名家，至今仍編不出一部能夠反映時代變遷，刻畫人文心聲的選本，讓諸家的創作心血，全都懸在空中；一葉不落，依然可以知秋。

古典詩的創作雖然不振，但以新式西洋文評理論研究古典詩的熱情，卻日益增加，毫無稍減，順著六〇年代顏元叔（1933-2012）等人提倡的比較文學興起，不時翻出新的波浪。

高陽評說古典詩，基本上主張走中國傳統的路子，對一干新科英美文學博士所提倡的新批評理論，並不買帳，認為：「用一把歐美名牌的鑰匙，怎能開得中國描金箱子上的白銅鎖？」

他論詩解詩，全從自己的創作經驗出發，以破解詩中的典故為金鑰，並充分運用小說家的想像力，不但力求把當時的社會經濟環境還原，同時也要把詩人的生平、住處及活動範圍立體化，設身處地的重建詩人當初寫詩時的具體時空。這種解詩法，我稱之為「小說詩話」，或「立體說詩」，對充滿詩謎僻典的西崑體或夢窗詞，有時是相當有效的。

有一次，他為我解李義山那組眾說紛紜千古難解的「無題詩」，說這組六首七律無題詩，是以一首有題詩〈牡丹〉破題，詩中最後一聯「我是夢中傳彩筆，欲書花葉寄朝雲。」的「朝雲」就是指義山愛慕的女主角。接下來六首詩分別為：

「相見時難別亦難」、「來是空言去絕蹤」、

「鳳尾香羅薄幾重」、「重帷身下莫愁堂」、

「昨日紫姑神去也」、「颯颯東風細雨來」。

至於那首有名難懂的〈藥轉〉詩，則是兩人戀情初期中的一個浪漫遊戲小插曲。一九七〇年代末，有關義山無題詩的討論，就是從〈藥轉〉開始的。當時剛在美國柏克萊拿到比較文學博士的水晶，在聯合報發表文章（1977），指該詩是義山詩謎中的謎中謎，應該與私通、月經、墮胎有關。高陽看不下去，為文糾謬，引何焯（1661-1722）成說，細釋詩中事典，直接指出是描寫「入廁」之作，一時哄傳為笑談。

在細說「義山無題詩」時，他首先確定男女主角為義山與其小姨，發生戀情的地點，則是在岳父王茂元所贈的洛陽「崇讓宅」中，「義山夫婦居正屋，小姨住後樓。」

在空間上，高陽為我繪出崇讓大宅的平面構造關係圖，但見宅前有池塘竹林，塘名「芙蓉」，接下來是主人的正屋：「鬱金堂」與「莫愁堂」雙樓，「鬱金堂北」有「畫樓」，是小姨寄住的香閨，也是解開「義山詩迷」的核心之所，在無題詩中，則成了遙不可及的「蓬山」或「蓬萊」仙島。畫樓西有「桂堂」，東有「廁所」，也就是〈藥

轉〉一詩中提及「換骨神方上藥通」的地方。樓與正屋之間有「一樹穠姿」的紫薇一棵。其間有小姨婢女來往穿梭，在詩中則成了「殷勤為探看」的「青鳥」。

高陽依圖指事，為我把場景描寫了一番，義山與小姨居處中間，隔了幾重牆，幾個院落，曲徑從何通幽，消息如何傳遞，男方在書齋中推窗外望，如何可以看到女方的畫樓，看到樓上窗子或閉或開，燭光或明或滅，二人手勢如何揮動，眼神怎樣交會，都設想得清清楚楚。

在時間上，高陽以小說家的演義手段，把男女主角的曖昧之戀，安排在唐武宗會昌五年秋（845）至會昌六年端午前後，約半年多的時間之內。最初如何因小姨愛才而自薦，又如何由「青鳥」傳書而約會；中間，義山因事不得不去長安，而有小別；歸來後，又如何約會則苦候不果，傳書則已讀不回，真是「相見時難」。至此義山方知，進行數月的畸戀，不知怎麼的突然曝光？妹妹隨即立遭姊姊安排遠嫁為妾，義山又如何癡戀不捨，連聲哀嘆「別亦難」。豈料心上人竟像變了個人似的，歡歡喜喜嫁了出去，再也無意與義山一通款曲。詩人目睹此景，哀痛追悔，通宵難眠，種種怨懟，患得患失，欲斷又連，都成了「一寸相思一寸灰」，只能一一隱晦的寫入詩裡，暗自傷神。

以「本事」解開詩句中的死結，以「詩句」佐證本事裡的情節，高陽依次破譯詩行中的謎樣僻典，糾正前賢錯誤，補充故事細節，轉折都有交代，完成了「不可能的任務」，真是神乎其神，讓人寧可信其有，不願拂其意。看他熱情洋溢講的口沫橫飛，我在旁準備好一盆「詮釋循環」（hermeneutic circle）美式批評冷水，在不斷增加的室溫中，早已被他弄得溫熱，潑不出去了。

最後，我只好順水推舟八卦長舌的說：「義山此段朦朧不倫之情，應是台灣民謠『草蜢弄雞公，雞公拚蹦跳』的典型。『小姑居處本無郎』嘛！小妮子忌妒姊姊，搬弄凡事都要搶一搶的惡作劇，等到把姊夫弄得神魂顛倒後，又怕惹出禍來，被人發現，趕快做個鬼臉，拍拍屁股，溜之大吉。不料卻激發天才詩人寫了一串千古名作問世，引來後人萬種解說上場。」

高陽聞言大笑道：「好小子，有你的，心理分析都上場了。我專為男主角著想，卻忽略了女主角，真是陰溝裡翻船，犯了小說大忌。可惜我文章已經成書，無法把你這一說，補寫進去！」

中國古典詩詞中，最晦澀難解，困擾讀者的，多半是僻典冷事如何運用，典故與詩情又如何黏合。高陽常能通過分析作品中的用典手法，破解隱藏在字面之後的歷史事件真相，與個人感情祕密，將詩中的時空事件，全都立體化，川言字謎如小說，妙斷詩謎如解結。此法為中外詩論中所未常見，大大擴展並豐富了傳統詩話的研究範疇，可謂蹊徑獨闢，值得注意。

這就是我所謂的「高氏立體說詩」，完全是「小說詩話」，以詩人編年傳記為本，再配合上獨門考據功夫，把詩中所有令歷代註家束手的怪詞僻典，全都清楚明白而有說服力的解釋一番，直可自成一派，讓中文系、外文系、比較文學系的詩詞專家，全都傻眼。

《高陽說詩》（1982）一書中，收錄〈《錦瑟》詳解〉一文，解詩的線索，仍然繫於「義山小姨」身上，旁徵兼博引，上下千餘年，遍駁蘇東坡、朱竹垞、何義門……古今名家之說，惋惜勞貞一得珠復失，詫異錢鍾書錯得離譜，文章寫完，躊躇滿志，不免得意，自成七律四首，中有一聯云：

獺祭還從獺祭解，九原可許我真知？

他吟罷推杯拍桌，仰首感慨嘆道，假如義山「精爽不昧，當託夢於我，許以真能知其心事！」

螳螂捕蟬詞話

——憶葉嘉瑩、高陽說《夢窗詞》

詩話家高陽自詡為玉谿生（813-858）的千年知音，西崑式的冷典僻事，到了他手中，無不馴服妥貼，迎刃而解。所以，一旦遇到吳文英（1207-1269）有事，他自然也就主動請纓充當起護法來，原因無他，「詞家之有文英，亦如詩家之有李商隱」（《四庫全書總目提要》語）也。只要《夢窗詞》遇險，護法一定責無旁貸，及時出來保駕。

這使我想起了香港布衣周誠真，他在一九七〇年代橫空出世，在學院之外，寫出許多文章，成了李長吉的貼身保鑣。只要有人發表關於李賀的文字，不論長短，若與他的看法有異，必定備齊刀槍棍棒，出手投訴。曾先後為文對錢鍾書、余光中、葉嘉瑩、黃永武……諸家的看法，提出看法，連 J. D. Frodsham 的英譯《李賀詩選》（*The Collected Poems of Li He* ,1983）也仔細檢查，絕不輕縱，是《昌谷集》的真正鐵桿粉絲。弄得大家奔相走告，在文章中提及「詩鬼」時，千萬小心，不管你發表在多冷僻的刊物上，遲早都會如影隨形的被周氏盯上，接著，提著一雙板斧，趕來貼身廝殺一番，似乎是免不了的。

不過，要想深入創意說詩論詞，必須在敏感細心真正懂詩的條件下，擁有博聞多識泛覽強記的本領，方能成功，二者缺一不可，不然就容易走火入魔，誤入歧途而不自知。《高陽說詩》一書之所以耐讀，靠的就是他詩法精嚴，典故通透，見多識廣的本領。至於新研究方法的引進，如能運用得當，則如虎添翼，錦上添花；萬一過猶不及，則易弄巧成拙，得不償失，不是創意評論成功的絕對必要條件。

一九七〇年代是比較文學當紅的時代，許多意氣風發的留美新科博士，紛紛為文，發表連串論文，重新詮釋發掘中國古典詩的精妙處，別解時出，惹人議論。此舉有如夏日午後，一蟬長鳴，眾蟬響應，魔音一旦穿腦，嘹亮刮耳磨心，聲響連綿不絕如大型烘乾機，想要把舊箱籠裡，潮濕發霉的古典詩詞，逐件烘個乾爽迎風，頓然驚醒了海內外文壇學界的悠閒午夢，點燃了大家對古今文學評論摩拳擦掌的熱情。

不過，新方法容易上手運用，舊文史難以速成累積，一任己意，依照字面說古典詩，常常落得好心辦了壞事，鬧了不少笑話。例如當時提倡美式「新批評」的銅錘花臉主將，台大外文系主任顏元叔，先以湖南騾子的無比魄力與毅力，挾台灣「第一位獲得英美文學博士」的聲勢，大辨國際比較文學會議，呼風喚雨，掀動風浪；又繼而引進各種西洋文評方法論，重讀古典詩詞，以推土機之勢，殺將出來，猛拆當時疊床架屋的詩話違章建築，弄得許多靠「印象批評」為業的教授，魂不附體，茫然以對，棄械發楞，噤若寒蟬。

一次，顏大將軍以佛洛伊德學說，論郭茂倩《樂府詩集》〈雜曲歌辭〉裡的古詩，一不小心，出了紕漏，把：

> 自君之出矣，金爐香不燃；
> 思君如明燭，中宵空自煎。

中的「金爐」、「明燭」，詮釋成了男女交媾的意象，效果十分新奇駭人，但卻張冠李戴表錯了情。殊不知，線香、炷香，是屬於「高科技」的發明，要到宋代才普遍。漢魏時期的香爐，或鎏金或鎏銀，都是有鏤空蓋子的「博山爐」，裝在裡面焚燒的是切成小塊的香木，無法順利產生佛洛伊德式的色情暗示。

▲漢代博山爐。

果然，此論一出，輿論大譁，立刻遭到各方名家質疑。遠在溫哥華講學的葉嘉瑩，也從「知人論世」的史料出發，為文糾謬，引發出一場「歷史主義」、「印象主義」與「現代主義」、「新批評」的隔海大論戰，喧騰雜誌報端，熱鬧非常，最後幾乎演變成「外文系」與「中文系」在方法學上的對壘。

聲勢浩大的比較文學，遭《迦陵談詩》一彈，銳氣暫時為之一挫，但是從長遠的觀點看來，強調越過史料，專從

「結構、語法、字質、意象、時空」出發，大做文本分析的「新批評」，還是大獲全勝。因為，從此中文系的後起之秀，明裡暗裡，多少要引用西方新理論撐腰，方為跟得上研究時尚。就是葉嘉瑩自己，也早已低調嘗試使用「新批評」的方法，分析古典詩詞。她在參加論戰之前，就曾在百慕達中國文學會議上宣讀〈拆碎七寶樓台——談夢窗詞之現代觀〉（1967）並於次年在林海音主編的《純文學》上修訂發表，用傳統典故史料法，斟酌新批評的文本精讀法，逐字詮釋吳文英的〈齊天樂與馮深居登禹陵〉。不知就裡，昧於情況，毫無準備的顏元叔，有如架子花臉大黑頭，在橫掃舞台時，突然遇到側面殺出來的代戰公主刀馬旦，措手不及，一跤栽在早已蓄勢待發的葉先生手下，不算冤枉。

不過，玉溪護法高陽酒徒，看了〈拆〉文，卻大不以為然，痛飲三杯後，迅速回應以〈莫「碎」了「七寶樓台」〉一篇，寫下傳誦一時的名句：「一把歐美名牌鑰匙，怎開得中國描金箱子上的白銅鎖」。

葉先生認為《夢窗詞》之所以「現代」，是因為吳文英「的敘述，往往使時間與空間為之交錯揉雜」，而修辭「但憑一己感性所得」，「不依循理性所慣見習知的方法。」她所謂的「感性修辭」云云，當是從「新批評」大將布魯克斯（Cleanth Brooks）

的「矛盾語法」（language of paradox）轉化而來。至於「時空交錯揉雜」則是艾略特、龐德英美現代詩人的詩法慣技。此法本是龐德通過范諾羅沙（Ernest Francisco Fenollosa, 1853-1908），從中國古典詩中偷去歪打正用的招數，只是當時大家還沒搞清楚罷了。

《夢窗詞》以難懂聞名於世，一般註家都為之束手。沈義父云：「夢窗深得清真之妙，其失在用事下語太晦處，人不可曉。」錢仲聯亦說：「箋詩難，箋詞尤難，箋夢窗之詞，難上加難。」而高陽則對此嗜痂成癖，甘之如飴，他引朱祖謀〈夢窗詞跋〉評文英詞云：「沉邃縝密，脈絡井井，縋幽抉潛，開徑自行，學者非造次所能陳其意趣。」這正是彊村弟子楊鐵夫後來在〈吳夢窗詞選箋釋自序〉中所指出的：「夢窗諸詞，無不脈絡貫通，前後照應，法密而意串，語卓而律精。而玉田七寶樓台之說，真矮人觀劇矣。」

據此，高陽十分有把握的說，〈齊天樂〉中只有今天與昔日對比、回憶與展望對照，並無「時空交錯揉雜」的現象，至於遣詞造句，則「語卓律精」，沒有運用所謂「不依循理性所慣見習知的方法。」最後，高陽語重心長的說：文學的現代化，「不是在文學遺產中貼上『現代』的標籤」。

〈齊天樂〉依高陽的讀法，可分為下列七段七個單元：

一、三千年事殘鴉外，無言倦憑秋樹；
二、逝水移川，高陵變谷，那識當年神禹？
三、幽雲怪雨，翠蓱濕空梁，夜深飛去；
四、雁起青天，數行書似舊藏處？
五、寂寥西窗久坐，故人慳會遇，同剪燈語。
六、積蘚殘碑，零圭斷壁，重拂人間塵土。
七、霜紅罷舞；漫山色青青，霧朝煙暮，岸鎖春船，畫旗喧賽鼓。

高陽先說明禹廟在會稽，與臨安（杭州）一江之隔。光宗紹熙三年（1192）重修，五十五年後，吳、馮二人探訪，竟已荒廢破敗不堪，足見朝政日非，禮樂不修。正直君子馮深居，風雅好古，在儀真時，曾為保歐陽修之「東園」而被絀；在臨安時，又因不願依附權貴，遂遭免官。夢窗與這樣的朋友一起登臨古蹟，各種感慨，必然良多。

此詞上下闋章法特殊，高陽分段析之，從「起承轉合」觀之，一、二、三、四為「起」，五、六為「承」；「霜紅罷舞」為「轉」，以下為「合」；盛讚全篇章法縝密，脈絡井然。

高陽指出，此詞起筆，是以倒裝句「無言倦憑秋樹」開始，上闋以憑樹「無言」二字為「匙孔」，表示欲拜謁瞻仰三千年前的大禹，而親臨之後，但見祠廟殘壞，一無可觀，當年治水的偉大功事，也「逝水移川，高陵變谷，」不可復識，讓人倚樹敗興，啞然無言。如今面對廢墟，只剩下過去夜晚「幽雲怪雨」的傳說可供想像，現在白天「雁起青天」的實景可以聯想。高陽認為此處時空次序井然，「雁起青天」仍為「想像之詞」，沒有葉先生所謂「將時間因果倒置」的情形。

「幽雲怪雨」一段指的是「雲從龍」的龍，典出《四明圖經》：「鄞縣大梅山頂有梅才，伐為會稽禹廟之梁。張僧繇畫龍於其上，夜或風雨，飛入鏡湖與龍斗。後人見梁上水淋漓，始駭異之，以鐵索鎖於柱。然今所存乃他木，猶絆以鐵索，存故事耳。」梁柱上的畫龍，駕著畫雲，常於夜間飛出，與鏡湖真蛟真龍相鬥，回來時，湖水中的翠荓濺溼了梁柱。高陽認為此段，「字字寫龍，前後照應，相互鉤連，」對葉先生把「荓」字與《楚辭．天問》「荓號起雨」的「雨師荓翳」聯想在一起；把「空」字與「寫禹廟之荒冷寂寞」連結，覺得是節外生枝，十分誤導而沒有必要。

「雁起青天」一段，典出《大明一統志．紹興府志》：「石匱山，在府城東南一十五里，山形如匱。相傳禹治水畢，藏書于此。」葉先生的解釋是，「遠古荒忽，傳聞悠邈。唯於青天雁起之處，想像其藏書之地耳。」認為是實景。高陽並不反對，只是認定此句「依然是想像，不過這一想是觸景生情，由雁字聯想及於舊時藏書之地」。

接著是下闋，以五、六兩段為全篇之「承」，以「同語」二字為下闋「匙孔」。此處「故人」馮深居出場，因為二人難得會遇，可破「西窗久坐」的「寂寥」，當然要「同剪燈語」，談個痛快。至於所談之事，當然全都要扣緊「禹陵」：首先說起與白天游蹤有關的「殘碑、零圭、斷壁」之實景，重點在「重拂」，表示「碑、圭、壁」都經後人一再整理過，現在又告蒙塵，需要重拂；然後經過「霜紅罷舞」一句而「轉」；轉至與明春「社祭」有關的「春船、畫旗、賽鼓」之憧憬，完成第七段，是為「合」。

對夢窗能用「霜紅罷舞」四字，讓全篇「陡然一轉」，高陽佩服非常，認為他能「在此『重拂人間塵土』的空間中，用時序輕輕攏住了前半闋；措辭精麗，且『罷』字以斷為連，逗出下文，情景與音節，兩皆頓挫，令人耳目一醒，非凝神等待下文不可。周濟所說的：『夢窗每於空際轉身，非具大神力不能』，正就是這些地方。」又說：「夢窗詞的修辭，千錘百鍊，多出於理性的推敲，而不止於憑一時的感受，率爾下語，此即彊村所謂『沉邃縝密』。」更不得不承認他，「敘事抒情，『脈絡井井』。」

高陽曾就「翠蓱」、「祀禹」、「社祭」等細節詮釋，與葉先生爭論，然這些問題，二人都各有各的見地，都可以通過商榷而調和，並取得共識。然而，〈莫〉文的主要用意，在檢驗葉先生所用的「洋鑰匙」，這個焦點，卻不能隨意模糊。當葉先生斷言：「后半闋開端，先寫夜間故人燈下之晤對；然后陡接『積蘚殘碑』三句，又回至日間之登臨。全不作層次分明之敘述與交代」時，高陽不得不對此種論述，惋惜的批評道：「如此說詞，雖對夢窗為恭維，夢窗亦必不受。」因為「她太相信自己手中的那把『洋鑰匙』……『敘述時空交錯』，以致始終不能開夢窗的那把『白銅鎖』。」

葉、高二人有關〈齊天樂〉的這一番討論，是二十世紀詞學最有正面意義的學術藝術交鋒，彼此都是妙悟解詩的高手，也都使出了拿手看家本領，下筆一本至誠，絕無賣弄新學，刻舟求劍的霸王上弓，也無刻薄謾罵，無的放矢的攻訐毀謗。葉先生對高陽的文章，沒有即刻回應，但多年後，結集成書時，卻大度的做了補充修訂。二文對《夢窗詞》的基本意義之深刻詮釋與藝術成就之精妙闡揚，處處都有發人深省的啟迪，成為難得的文學實際批評與理論批評的典範（paradigm）。

我讀罷二文，獲益良多，但也有一些疑問，長存心頭，無法釋懷。葉先生於一九六〇年代中，應輔仁大學中文系之邀，開設詩詞賞析課程，我陪同過葉先生的超級大粉絲詩人周夢蝶先生，參加旁聽一學期；後來我加入校內的「水晶詩社」，亦曾邀先生演講杜詩〈秋興八首〉。一九七四年，我得緣訪溫哥華，蒙先生之邀，到UBC大學講新詩，因時間匆忙，無暇多做請教。一九八〇年後，我與高陽在台北同居一巷，成了鄰居好友，便乘詩酒相聚時，將上述往事回顧了一遍，開玩笑的說：「葉先生對顏元叔，是螳螂捕蟬，你則是黃鵲在後！」說著順便把疑問提了出來。

我認為此詞上下兩片，對照工整，上片描寫禹祠現況，詞人以無語靜觀之姿，記錄祠外既「殘」且「空」，山川「移」「變」，難以辨「識」之景，描寫祠內圖畫想像的變幻之奇；下片遙想禹祠過去，以二人同語之情，娓娓述說「殘碑、零圭、斷壁」尚在，可以「重拂」辨認，通過清除「人間塵土」，可以喚起「鎖」在過去「社祭」中的「春船、畫旗、賽鼓」，以及存於煙霧中的舊日盛世回憶。

上片一、二段實筆寫禹祠外觀變化，三、四兩段虛筆寫禹祠內部變化。「幽雲怪雨」寫六朝張僧繇畫龍，夜間飛出與水龍鬥的故事，可以影射大禹走遍江湖河海治水救苦之辛勞；「雁起青天」應該是寫宋人壁畫雁飛青天的實景，可以暗示後人大書禹王治水功業於青天之上以為紀念。

南宋畫家喜畫「遙山書雁」之景，與吳文英同時稍早的大畫家夏圭（Ca. 1160-

1230）就有代表作〈山水十二景〉手卷傳世。美國納爾遜美術館就藏有此圖長卷殘本，現僅存四景：分別為「遙山書雁」、「煙村歸渡」、「漁笛清幽」、「煙堤晚泊」，四段景致連成一氣，僅用題字分別說明該段特色，都是當時畫家常作的畫目。

例如與夏圭齊名的馬遠，其子馬麟（Ca.1170-1250）也有類似的畫作，例如現存日本東京根津美術館的〈燕渡夕陽遲〉，就是證明。此畫構圖，比夏圭的「遙山書雁」還要簡約，全畫只剩下層層疊疊的遠山與翱翔半空的飛燕，夕陽僅用山頭兩抹紅霞暗示，是標準的南宋「極簡主義」。

中國山水畫，從隋唐以貴胄人物活動為主的「通景敍事山水」，發展到五代北宋有詩意人物居遊的「焦點抒情山水」、北宋末的詩意「無人抒情山水」，在南宋已經進入了完全無人的「寫意造景山水」境界，預示了元代「古意筆墨山水」的誕生。

我們看夏圭的「遙山書雁」，寫老樹水邊屋宇、荒煙遠山雁陣，還真有點禹祠風景的樣子；對照畫上題字「遙山書雁」與畫中飛在青山青天雲霧之間的雁陣看來，「書」應是動詞，指飛在空中的「雁字」，好像題寫在青天畫絹上的書法，也就是「雁寫遙山」的意思。

夢窗〈高陽台．豐樂樓〉一詞中，也有「山色誰題，樓前有雁斜書」，「書」字也作動詞用。紹熙三年（1192）重修的禹祠中，說不定就有夏圭或其弟子所畫的流行畫目。因此「數行書似舊藏處」的「書」，應與「藏書」無涉。況且大禹時代，頂多只有刻石記號或文字，「藏書」是談不上的。

《金石萃編》云：「禹葬會稽，取石為窆石，石本無字，高五尺，形如秤錘，蓋禹葬時下棺之豐碑。」《大明一統志。紹興府志》載：「窆石，在禹陵。舊經云：禹葬會稽山，取此石為窆，上有古隸，不可讀，今以亭覆之。」「數行書似舊藏處」一句，當是指舊藏窆石上「數行漫漶刻字」，有如青天雁陣一般飄忽難認。

「幽雲怪雨」是傳說中的圖畫，「雁起青天」為現實中的圖畫：一虛一實；「殘碑、零圭、斷璧」是現實中的殘存故物，「春船、畫旗、賽鼓」是「鎖」在煙霧中的舊日盛世盛況：一實一虛；如此一來，上片下片，兩兩虛實前後對照映合，不是更加「沉邃縝密，脈絡井井」嗎？

高陽聽罷，點頭道：「詩無達詁，此說尚能言之成理。夏圭的『遙山書雁』？我以前沒有注意到，算你一功！」說著轉過身去，想了一想，又轉了回來大叫道：「糟糕，這樣一來，我不成了『翼殷不逝，目大不睹』的異鵲了？」忽然醒悟過來的他，瞪眼皺眉噘鼻對我說：「難道你小子想當『蹇裳躩步，執彈而留之』的莊子不成？」

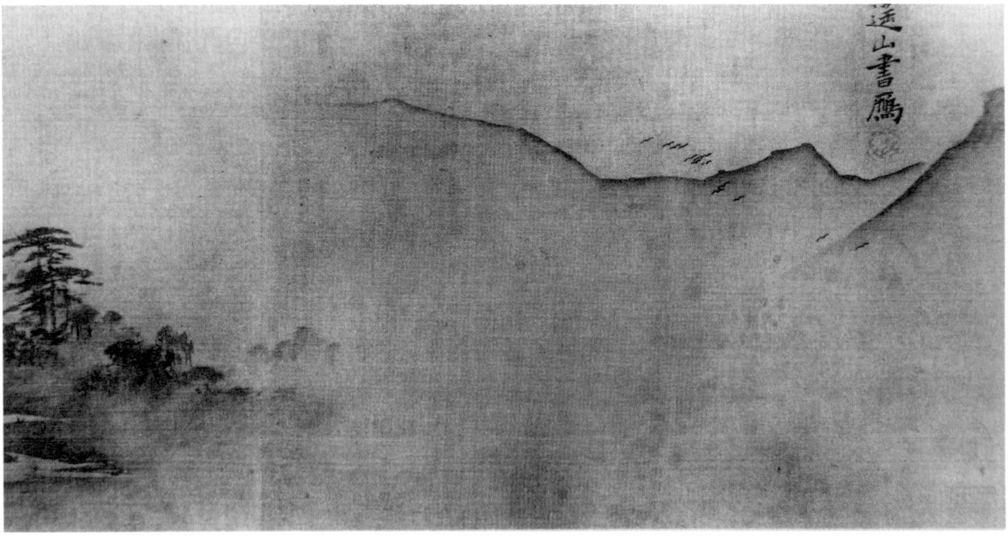

▲南宋夏圭《山水十二景》〈遙山書雁〉（局部）。

▲南宋馬麟〈燕渡夕陽遲〉。

「不敢不敢，晚輩我哪裡敢吆……」我慌忙搖手，刁鑽捉狹的笑說：「我要成了『捐彈而反走』的莊子，那誰又是在我身後『逐而誶之』的『虞人』呢？」

附錄：

莊子．山木篇有一則寓言如下：

莊周遊乎雕陵之樊，睹一異鵲自南方來者，翼廣七尺，目大運寸，感周之顙而集於栗林。莊周曰：「此何鳥哉？翼殷不逝，目大不睹。」蹇裳躩步，執彈而留之。睹一蟬，方得美蔭而忘其身；螳蜋執翳而搏之，見得而忘其形；異鵲從而利之，見利而忘其真。莊周怵然曰：「噫！物固相累，二類相召也。」捐彈而反走，虞人逐而誶之。

（「虞人」：掌管栗園之人）

卷五 記白先勇（1937-）

緊釘窗戶的人
——白先勇二三事

楔子・唉呦你可真是不知道

白先勇把車子開進彎道，樹籬旁迎面一株寶塔松，墨綠滿眼，這就是他口中的「隱谷居」（Hidden Valley）了。下了車，我回頭看了一眼那棵松，提著行李走上門廊，他開了燈，直接把我讓進客廳旁的客房，簡單的介紹了衛浴廁所與廚房冰箱的位置，嘻笑著說，不急不急，等一下，來廚房先喝一杯冰啤酒，再睡不遲，包你一夜好夢。

我放好了旅行箱，到浴室洗了把臉，精神為之一振，再回到房間，便覺得有點悶，便又開門朝廚房走去。這時白先勇正忙著開罐倒啤酒，見我來了，忙招呼我坐上高腳椅。我喝了一口海尼根（Heineken）說：「西雅圖那邊都喝Olympia，廣告說It's the water用的都是從奧林匹克雪山上的冰河水。」「啤酒嘛，還是要喝歐洲的呀！我可沒有你們那個楊牧會喝，聽說喝得手都有一點抖了呀，這怎麼得了。」

「啤酒我也是到西雅圖才學會的，以前在台灣，會喝一點，都是白蘭地、強尼尊者、紹興、茅台之類的，還有果子酒，淺嚐一兩小小杯，不真喝，過年過節吃酒席，助興而已。」我又豪爽的喝了一大口：「下飛機，到了楊牧家，一進門，就每人發一瓶啤酒，不喝完，不許走，說是念研究所又寫詩，不會喝啤酒，實在太不像話，這是美國，非練出來不可，不然將來怎麼修課！沒法混了。」

「怎麼，你們那邊上課還可以喝酒？」

「起先我聽了也覺得納悶，校園不是不准賣酒、帶酒嗎？後來在英文系選修了一門浪漫詩，教授直接把seminar room安排在校園外的啤酒館裡。男女同學人手一大杯（pitcher），泡沫四溢，還沒浪就漫了，女生比男生還要豪氣。」我舉起手中的啤酒笑著說：「而校外啤酒館，居然還真設有為研究生準備的研究課室，裡面的長條檯桌，木頭厚椅，都是大粗雪松原木做的，真叫我開了眼。誰要是唸到拜倫的Don Juan，或Coleridge的"Kubla Khan"發了酒瘋，那些桌椅又大又重，任你再瘋也是瘋不動的。」

「我們家門口那棵，就是雪松，沒想到還可以製家具。」

「雪松也叫寶塔松，樣子笨拙，不入我們畫家之眼，只有下雪時，一層雪白一層墨綠，最好看，你們這裡又不下雪，應該種姿勢奇崛的赤松或黑松，才能配你這個主人，合了我們畫家的胃口。」「唉呦你可真是不知道，哈哈，羅青呀，哪有你說得那麼輕巧呀，為了整這個院子，都差一點快沒把我給累死，老命都去了半條，這棵松是前屋主留下的，好歹也是松，長得也夠粗大的了，可沒力氣再講究折騰。要想有古松，屋裡掛張文徵明的畫片得了。」

「配合你的個性，掛漸江的更妙！來，為畫中古松乾一杯！」

回到臥室，我感覺這客房好像從來沒有人用過，一切整潔如新，氣味卻有些陳舊。走到窗前，想打開窗，透透晚風夜氣，不料卻發現，兩扇面對後院的窗戶，全都被大粗釘子，從屋內釘得死死的，根本無法打開。

把窗戶釘死的事，我在台灣常見，尤其颱風來時，不少人家都這樣，只不過，颱風一走，釘子就拔出來了。釘窗戶的事，我沒幹過，但幫忙拔窗釘的經驗，我卻有過不只一回。這裡是美國加州聖塔芭芭拉，哪來的颱風呢？我納著悶！不會是防小偷吧？沒奈何，我只好放棄開窗，把臥室門敞開，上床入睡。好在加州是沙漠天氣，晚上夜涼如水，即使是夏天也要蓋被子，若真能開窗，也只能開一條縫而已。

「門和窗有不同的意義。當然，門是造了讓人出進的。但是，窗子有時也可作為進出口用，譬如小偷或小說裡私約的情人就喜歡爬窗子。」躺在床上，我想起錢鍾書的《寫在人生邊上》：「關窗的作用等于閉眼。天地間有許多景象是要閉了眼才看得見的，譬如夢。假使窗外的人聲物態太嘈雜了，關了窗好讓靈魂自由地去探勝，安靜地默想。有時，關窗和閉眼也有連帶關系，你覺得窗外的世界不過爾爾，並不能給與你什麼滿足，你想回到故鄉，你要看見跟你分離的親友，你只有睡覺，閉了眼向夢裡尋去，于是你起來先關了窗。」於是，不免有了「釘死的窗」是一幅「嵌進牆內的窗畫」之想；外人看，仍是一扇平凡無奇的畫之窗；主人看，則可能是不可為外人道的夢之窗。

第二天早上，我漱洗完畢，走進廚房，白先勇已經把鍋裡的荷包蛋、培根肉條煎好一半，桌上則是吐司、牛油、果醬、牛奶、橙汁，一應俱全。他體貼的問我，蛋是要sunny-side up還是over-easy。為了省事，我立刻回答sunny-side up就好。拿起橙汁抿了一口，閒閒的我問道：「怎麼你家窗戶都釘死了，這裡又沒颱風，是被小偷偷過？」

「羅青呀，唉呦你可真是不知道耶！」他回過身來，把手往我肩上虛虛一撇，「這裡的女學生太厲害了，我搬到這麼隱蔽的地方都找得到，半晚上還會爬窗戶進來，真是一點辦法也沒有。不釘死，怎麼行。」

一・唉呦這可真是可口美味

我第一次遇見白先勇是一九七三年的夏天。當時華盛頓州立大學放假，我得空與陳少聰的弟弟一起開車去加州訪友。近三十歲的陳弟弟看起來像一個高中生，大家都叫他陳同學而不名。當時他從東岸開車到西雅圖來看姊夫楊牧，小住半月，沒幾天便在華大與我混熟了，回程時遂有此議。我來美念書，日夜泡在圖書館裡，還未有機會到過外州，現在有機會有人開車，願意一起結伴到舊金山一遊，正好可以順便看看附近的詩朋畫友。

陳同學選擇風景最美的海岸一〇一號公路南下，問我會不會開車？出國前，我曾在台北駕駛學校學過兩天手排檔，便硬著頭皮說會；陳同學看我人高馬大的，不疑有他，便開著他的老爺車上路了。「一路上，大家輪流開，這樣我也可以欣賞一下好風景。」他美滋滋的說。不料，輪到我開時，因為初次踩油門就高速上路，方向盤有點飄來飄去，路上車子雖少，但還是險象環生，嚇得陳同學臉色慘白，又不敢大叫，怕嚇著了我要出事，他努力鎮定，沿路不斷在找可以緊急停車的路旁砂石地；好不容易，遠遠看到了一大塊，連忙叫我慢慢減速，斜斜的歪了出去，及時剎車，幸好沒有連人帶車衝入太平洋裡。

我們倆到了舊金山，他先找老朋友敘舊，玩了好幾天，新朋友認識一堆，每夜換地方打尖，上坡下坡，停車倒車，忙得不亦樂乎。陳同學非常能吃，食量之大，超乎他的體型，一有空就做伏地挺身，鍛練身體，絕不放鬆，我好奇的問他，是不是要改行轉念體育。他卻詭異的一笑，翻眼解釋道，來美國幾年，交過不少洋妞，最近的一個比較豐滿，上床時，對方在下面一用力，便把我們瘦小的陳同學，飛甩到床下，害得他連爬帶滾，快速搶回床上，尷尬無比。「君子不重則不威，孔老夫子說的一點不錯，老子再不苦練，吃得壯一點重一點，就實在沒得混了。」

朋友交遊一多，消息便靈通不少，在三藩市的最後兩天，我竟與在聖塔芭芭拉做博士後研究的詩人王潤華與淡瑩夫婦聯絡上，於是便擇時與陳同學拱手做別，搭上灰狗車，去會詩人伉儷去了。王潤華的公寓，只有一房一廳加上廚房衛浴，我在客廳睡地鋪，倒也湊合。當晚，白先勇從外地返家，聽說我到了，明天一定要請吃中飯。「你是《現代文學》的重量級作者，我是發行人兼社長，請你是當然的。」他在電話上興奮的說。

白先勇比我早十年到美國，他一九六〇年創辦的《現代文學》只好請人代勞，換過不少次主編，到我為《現文》第四十六期寫稿時，主編雖是何欣，組稿的卻是余光中，主題是〈現代詩回顧專號〉，由葉珊與余光中領銜，應邀參加的有商禽、顏元叔、鄭愁予、洛夫、楊牧、羅門、蓉子、管管……等。記得那是一九七二年四月四日晚上，我到廈門街余光中家去還錢鍾書的《圍城》，一坐下來便海闊天空的聊了起來，從《圍城》談到芥川龍之介的妙處，轉到《中國現代文學大系》的缺失，扯到搖滾樂的精彩；最後因為看到牆上掛著余承堯的繁筆山水，又講到了沈石田的〈廬山高〉；正到談興濃處，

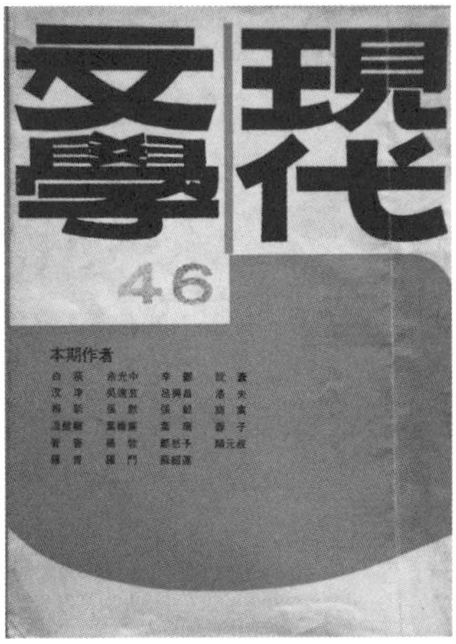

▲《現代文學》第四十六期。

剛出爐的《現文》送到了，為這一夕良夜清談，畫下了完美的句點。

過了半個多月，余先生轉告我，白先勇來信，說要多向我邀稿，最好每期都有，稿子可寄到美國給他，這樣才萬無一失。過了一年，我在西雅圖收到白先勇關於《現文》的來信：

羅青：

早就該跟你通信了，我寫信總是拖拉，你不要見怪。〈炒菜記〉早已收到，寄給台北《現文》，約在五十一期刊出。這首詩非常詼諧，我很喜歡你的mock-heroic的調子。你的詩集《吃西瓜的方法》，已收到了，非常謝謝。我差不多都看完了，實在佩服你的詩才。我覺得你後來的作品比較成熟，尤以〈吃西瓜的六種方法〉、〈柿子的綜合研究〉、〈月亮．月亮〉幾個series寫得最好，最令人感動的是最後幾首〈月亮〉。寫現代的月亮，我們詩人中好像還沒有寫得這樣好的。這個題目不好寫，寫的人太多了，但你卻寫得如此新鮮，真不容易。我注意到你的詩，節奏特別明快，大約跟你善用口語及雙聲、疊韻有關。另外一個特色是你的詩，深入淺出，這正是唐人絕句的佳處。可見得現代詩，不一定要人看不懂。

《現文》五十期早已付印，如果趕不上，五十一期一定替你的詩集登一幅大廣告。四十九期，你到底接到未？這一陣子，《現文》編輯與「晨鐘」之間鬧意見，弄得行政效率不佳，我頭疼已極。我手頭有一本四十九，你還未收到，我可以寄給你。

祝

好

先勇 四．三十

P.S.請繼續支持《現文》。你的詩集印得很漂亮，錯字也少。

《吃西瓜的方法》是我的處女詩集，是瘂弦提攜發表後，又安排出版的。書分三卷，他建議用卷二《夢的練習》為書名，我堅持用卷三的，收錄的都是大學時的習作，居然獲得已成名家的他如此不吝好評，心中實在得意。這次乘興南下加州，事出突然，我並沒有預先與白先勇聯絡。事實上，在這封信之前，他已來過一信：「……你的修正稿已寄到台灣，下期刊出。四十九期《現文》拖到二月才出版，我請陳慧樺用航空寄你一本，未知收到否？……我覺得這一期編得不錯，雖然有些詩跟小說，火候還未到，但一股銳氣，可以看出，假以時日，都是有成就的。希望你繼續支持《現文》。／五四的

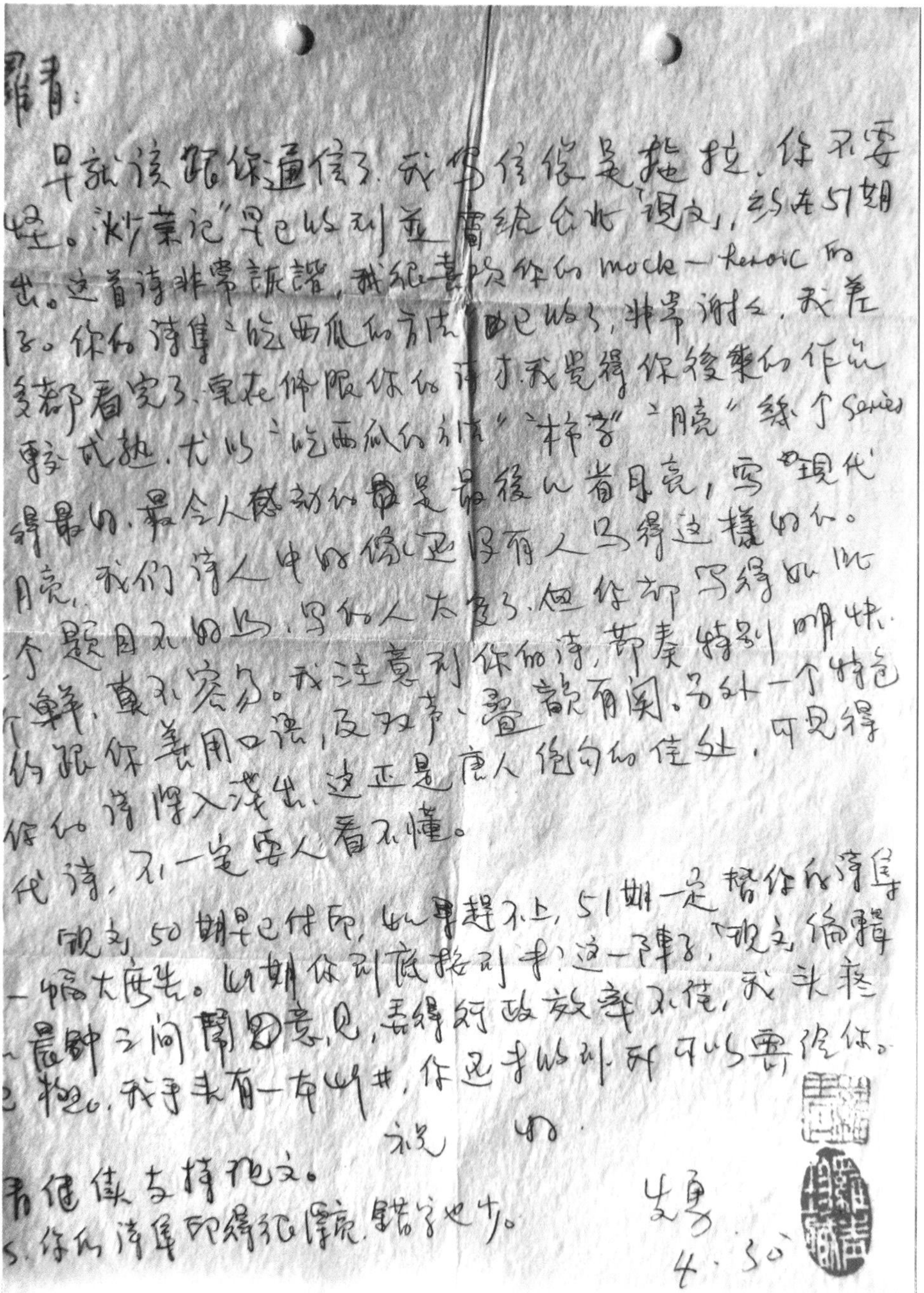

羅青：

早就該給你通信了，我寫信很是拖拉，你不要怪。"炒菜記"早已收到，並當給台北「現文」，約在51期出。這首詩非常詼諧，我很喜歡你的 mock-heroic 的調。你的詩集"吃西瓜的方法"也已收到，非常謝謝。我差不多都看完了，實在佩服你的才。我覺得你後來的作品比較成熟，尤以"吃西瓜的方法""柿子""月亮"這個 series 寫得最好。最令人感動的是最後一首月亮，寫"現代"月亮，我們詩人中好像還沒有人寫得這樣好的。這個題目不好寫，寫的人太多了，但你卻寫得如此新鮮，真不容易。我注意到你的詩，節奏特別明快，這個跟你善用口語，及双声、疊韻有關。另外一個特色，你的詩深入淺出，這正是唐人絕句的佳處，可見得現代詩，不一定要人看不懂。

「現文」50期早已付印，如果趕不上，51期一定替你的詩集做一篇大廣告。46期你到底接到了沒？這一陣子「現文」編輯與晨鐘之間鬧點意見，弄得行政效率不佳，我頭疼已極。我手上有一本46#，你還未收到的話可以寄給你。

祝

好

青健康支持現文。

P.S. 你的詩集印得很漂亮，錯字也少。

先勇
4.30

▲一九七三年白先勇致羅青信。

作家，我覺得大部份都令人失望。他們太熱衷社會改革了，扭曲了人性。因此，他們所關懷的社會問題——大家庭封建思想、地主壓迫、戀愛不自由——一旦不存在，他們的作品，頓時失去了文學的價值。我認為還是魯迅、沈從文、吳組緗、張天翼，寫得比較好。祝　近好　先勇上　三．十二」這封信我還沒來得及回，四月三十那封又到了。我當時哪會料到，創刊近十三年的《現文》，到了當年（1973）九月出版五十一期後，便告暫停。

他之所以這麼重視《現文》四十九期，是因為這期是他策畫多時的〈創作專號〉，想為台灣近十年來的文藝新風，做一完整有力的呈現。他早在去年十月，就來信向我邀稿：「……《現代文學》四十九期（十二月號）是一個創作專號，全由台灣年輕的一代（三十歲以下）的作家、詩人執筆。……你是年輕一代詩人中最傑出之一，希望你能撰稿支持這個專號。沒有你的作品，這個專輯，將十分減色。十一月二十左右截稿。稿件請寄給我。／如有機會到加州，請到Santa Barbara一遊。祝　詩安　白先勇上　十．二十二」總之，《現代文學》是他的掌上珠、心頭肉，無論如何困難，也要支持下去，拚命做到最好。蒙他另眼相看，全力邀稿，可謂知音難得。現在既然到了他家門口，聚餐歡敘，暢快劇談，也順理成章的事。

我與王潤華夫婦剛起床沒多久，白先勇說到就到，人還沒進門，門外笑語先響。「羅青呀羅青，哈哈，終於見面了，唉呦，怎麼也不事先通知一聲，我可以安排你跟學生講一講詩。」他穿著一件象牙色的擋風夾克，白襯衣黑長褲，抓著我的手，握個不停，開懷的說：「今天我請你吃我們這裡特別有的，別地方吃不到的，Pea soup呀，綠豆子濃湯，你嚐過沒，你們賢伉儷大概也沒有，唉呦這可真是美味可口，我包你們滿意，洋餐這麼好吃的，少有呀少有。」我搖搖頭，表示聞所未聞。「那就更該嚐嚐啦！這玩意，聽說是法國路易十四的最愛，希臘羅馬人在公元前五世紀就吃上了，雅典街頭常有小販叫賣，是大大有來歷有典故的，亞里斯托芬尼的喜劇《群鳥》就講過Pea soup，怎麼樣，想試試吧……」聽他說到這裡，我忽然想起以前背誦的《鵝媽媽童謠》（*Mother Goose Nursery Rhymes*）裡有這一味，便唱了起來：

Piping hot, smoking hot.
What I've got.
You have not.
Hot gray Peas, hot, hot, hot

Hot gray Peas, hot.

噴煙燙，冒煙燙
我這裡滿缸
你那裡空蕩
燙呼呼的白豆粥，燙燙燙
燙呼呼的白豆粥，燙

白先勇聞聲，也跟著唱了起來，並連連說：「對！對！對！就是這個玩意，不燙不好吃吶。」聽得王潤華、淡瑩，目瞪口呆，他們中文系出身的，哪裡知道我們外文系的這些花樣。一路上我又想起另外一首，於是在車裡教大家吟唱，唱得一車歡樂，直把Pea soup 唱成了好像是天下美味一般。

Peas porridge hot, peas porridge cold,
Peas porridge in the pot. Nine days old.

Some like it hot, Some like it cold,
Some like it in the pot Nine days old

豌豆粥熱熱　豌豆粥涼涼
熱粥碗裡放　九天後才嚐
有的愛喝熱　有的愛喝涼
有人偏就愛　九天後才嚐

「羅青呀，『Nine days old』，那不成了北方的酸豆汁了！」白先勇一邊開車一面笑說：「可見古今中外，臭味相投的都一樣。」這時坐在後座的女詩人淡瑩插了一句：「我們這一車子可是想要香味相投！」結果，豆子濃湯上來，一陣濃香，一盤翠綠，非常好看，令人食指大動。不過，一喝之下，濃稠如豆泥羹，味道有點偏鹹，只有白先勇在那裡讚不絕口，我們三人都默不作聲。淡瑩享用女士怕胖特權，只喝了一半，我與潤華，倒是怕掃了主人的興，全都陪著大笑臉，喝了個盤底朝天。

白先勇看出來，Pea soup 並不真叫座，便換了個法子說：「我知道這附近有一塊大石頭，巨大完整有如金字塔，很值得一看，有沒有興趣？」這下可對了我這個畫山水畫的胃口，忙說一定要去「拜石」，仿效一下米顛的風流。揚了揚手中的棉紙寫生簿，我賣弄的說：「不能焚香膜拜，至少也可用寒玉堂筆法畫上一畫。」「石兄！石兄！我們『豆粥四友』來拜你了！」白先勇佯狂道：「那裡距離我家不遠，可是我的鄰居呢！」到場一看，該石果然雄渾偉岸，穩若山嶽，光滑堅硬，潔淨無苔，泰然安於大樹之下，有如高僧修行打坐，值得一畫。遂拿出蓄水毛筆，迅速白描一番，小小一幅〈四友拜石圖〉，頃刻而成。大家過來看了，不置可否，我只好怏怏的補充道：「為了襯托你這個鄰居，我這棵大樹的畫法，可是特別用了沈啟南筆意，現在看不怎麼樣，等回去設了色，便大不同了。」

二・唉呦這可真是又要傾家蕩產

說起鄰居，兩年後，我與白先勇在台北真成了鄰居。我回台灣後，住在敦化南路三五一巷父母家。白先勇每年暑假返台探親，則住在三六〇巷的敦化大廈，與弟弟白先敬一起經營「晨鐘出版社」，算是我的「候鳥鄰居」，每年暑假或寒假當一回鄰居。樓

▲羅青〈四友拜石圖〉，一九七三年。

高九層的敦化圍牆庭院大廈，與我父母家只有兩條巷子之隔，建於一九六六年，是當時台北最豪華最先進的公寓大樓，聳立在低矮的四層樓梯連棟公寓之間，非常雄偉壯觀。大樓裡面住的高人很多，我認識的就有上海紡織大亨收藏家陳濤；他退休後，閒得發慌，居然在附近開起高級古董店來。過了幾年，我搬入三五五巷，住進當時開始流行的七層電梯大廈，氣派一新，但還是難望敦化大廈的項背。

白先勇的處女小說集，是文星書店版的《謫仙記》，十分暢銷；文星倒閉後，書店門市經理林秉欣創辦仙人掌出版社，出版他的第二本小說集《遊園驚夢》，成為該社的創業招牌書，紅極一時。白先勇也覺得趁勢大有可為，便出錢入股，還把《現代文學》交給該社發行。不料仙人掌擴展過快，一下陷入周轉不靈，馬上瀕臨倒閉邊緣。他這下慘了，血本無歸，只落得一堆版權書籍，與一大卡車庫存，無處存放；於是逼上梁山，只好把心一橫，拖著弟弟下海，開設了晨鐘出版社。

我到敦化大廈找白先勇談事情，遇到過白先敬幾次；只見他身形瘦削，神色沉鬱，眉頭微鎖，滿臉心事，遇到我，簡單寒暄後，就客氣的說，你們聊，我失陪了，便走入裡屋，那背影，一點也不像會招呼來事、客套拉稿的出版商，反倒有點卡夫卡的味道。回過頭來再看白先勇，嘻嘻哈哈，笑口常開，舉手投足之間，便把氣氛炒熱，絕對是商場老手的派頭，難怪他朋友滿天下，粉絲爆信箱。「你們兄弟二人，年輕時候，一定十分紈絝，絕對是每晚都泡在舞場裡的舞棍吧？」我開玩笑的問：「不然怎麼寫得出〈金大班的最後一夜〉這樣的短篇妙品。」說著，我學金大班在小說中的道白：「娘個冬采！你倒大方！人家把妳睡大了肚子，拍拍屁股溜了，妳連他鳥毛也沒抓住半根！」這，這真是太傳神了。

白先勇聞言，立刻從沙發上正起了身子，把臉一抹說：「西門町的舞廳，我總共才去過一回，還是被朋友死拖活拖，拖過去的，我不會跳舞，也沒有興趣學。在那裡乾坐了一個晚上，東看看西聽聽，左聊聊右聊聊，就弄出了這麼一個短篇。」接著他又回復了嘻笑的神情：「說來好笑，那年我到香港，遇到了太平紳士邵老闆，友人慫恿說可以讓『邵氏兄弟』把『金大班』搬上銀幕啦，哪曉得邵老闆問明了劇情後，喔了一聲說：『焚一片呀，焚一片，撒寧瞰嘔？』」白先勇一面學著邵逸夫的口音一面大笑著把雙掌一拍：「現在流行的是『豔情片』，『文藝片』，誰人看呀，哪來的票房嘔。」不過，後來名導演白景瑞，還是排除萬難，在台灣推出電影版的《金大班的最後一夜》（1984），十分叫座，邵爵士此番算是看走了眼。

說來說去，除了小說，《現文》還是白先勇的最愛。他與我通信，有一半以上是為了《現文》，後來他自己回憶道：「為了這本雜誌，我曾心血耗盡。對它，我是一往情深，九死無悔的。」《現文》之所以停刊在五十一期，是因為五十二期印好的內文，遲遲找不到錢印封面，直接被印刷廠回收，搗成紙槳，化歸烏有，嗚呼！痛哉！編輯不支薪，作者沒稿費，美編盡義務，是當年前衛文學同仁刊物慘澹經營的通例，大家自掏腰包，前仆後繼，悲苦壯烈，一往深情如斯。例如，林海音主編創刊五年的《純文學》，就因為給稿費，比《現文》早一年停了刊。我不怕死，於一九七五年與同仁創立「草根社」出版《草根詩月刊》，也只斷續艱苦支撐了十一年，對《現文》的遭遇，感同身

▲《草根詩月刊》第一卷合訂本。

受，然窮酸詩人救不了斷炊雜誌，除了稿件支持外，也別無他法。

一九七七年，台灣商業出版，蓬勃發展，大發其財。白先勇憑其個人魅力，在高信疆主編的《中國時報．人間副刊》撰文呼籲搶救前衛純文學刊物免於絕種，居然得到了遠景出版社的響應，並說動了編輯才子高信疆出任主編，白先勇立刻興奮的寫信來報喜：

沒想到《中時》拙文那一招，竟引起強烈反應，可見人心思漢，對《現文》還沒能忘情。我天天在等《現文》復刊，早已望眼欲穿。高信疆慢工出細貨，據說復刊號陣容之強，可謂空前，武林高手，紛紛出場，八仙過海，各顯其能。希望《現文》復刊一亮相，得到台灣文壇一聲滿堂彩。現在台灣作家及讀者，水準都高了，不比我們從前，還在墾荒時期，一切從無做起。現在只要有基金，有人手，辦一本高水準的文學雜誌，應當不成問題。希望你在台灣，鼎力支持，為《現文》撰稿、拉稿、推介給你的學生。

張佛千老先生真有意思，雅興不小，他那兩幅對聯，我回信對他說，我受之有愧，有點名不符實。所謂勇者，憨勇而已。說實話，當初我要知道，《現文》弄得我傾家蕩產，鞠躬盡瘁。我大概是不會有那麼大的勇氣了。年輕的時候，到底不怕死。

麥樂仁也寫信給我說，常到府上聆教，受益不淺，希望他沒有過分打擾你。此子資質尚佳，心地還不錯，不過，到底是年輕美國人，不懂事的地方，望多多包涵開導。／今年不回來了，明春可能返台。

即祝 文祺

先勇 六．十二

高信疆果然不負眾望，夾著排山倒海的各種宣傳攻勢，復刊第一期居然銷售六千本，第二期也有四千，比起平鑫濤、瓊瑤的通俗藝文雜誌《皇冠》每期數萬冊，當然是瞠乎其後，但以前衛刊物說來，如此剛好可以打平，已算萬幸。中國時報老闆余紀忠先生，一看自己手下猛將，被人借去邊疆開疆拓土，心裡不是滋味，立刻出馬把脫了韁的千里馬「押回」，賦予一大堆重任，不准再隨意兼差。白先勇氣急敗壞，立刻來信，希望穩住《現文》基本作者的信心：

《現文》真是多災多難，好不容易抓住高上秦，又給他老闆押回去了。現在暫時由姚公一葦照顧，希望以後不要老脫期。台灣文壇現在直是一片混亂，我看到《夏潮》罵文興的文章，非常氣憤不平，文興確實有勇氣，說出了該說的話。《現文》的處境，大概日將困難。但舉世滔滔，這種純正的文學雜誌，愈來愈少，更要靠志友的扶持。希望你仍能鼎力相助，替《現文》撰稿、拉稿。稿件請投給姚公：北市興隆路四段十七巷十三號。／五月四日楊牧在Seattle，召開「五四座談」，各路英雄，紛紛赴會，我也上去。（李歐梵、陳若曦、劉紹銘、張系國）屆時必有一番熱鬧。

祝　詩安

先勇　四．十三

那幾年，白先勇一得空，就回台灣為《現文》張羅，我們住得近，他遂順理成章，做了羅家宴會的常客，遇到了另一位常客，是有聯聖之譽的張佛老：二人一見如故，才有了後來贈聯雅事。佛老製聯贈聯，對象挑選極嚴，連贈二聯，聞所未聞，除了我自己之外。因為他自謙不能作書，聯語必定邀請當代名書家繕寫。送我的兩幅對聯，書家分別為梁實秋與台靜農，還打了紅界格，不知道白先勇的，是請了誰來寫？有沒有打了紅界格？

有一次，晚飯之後，大家坐在我的「水墨齋」中聊天，白先勇對余紀忠「押回」信疆之事，仍然耿耿於懷。佛老力為余老闆開脫，說報人之中，余先生是大氣而有膽識的，當年孫立人一案，要不是余先生暗助，他沒有那麼容易全身而退。我此時也見機幫腔說：「有一次我在〈人間副刊〉發表了一首感慨時局與兩岸的詩，稿費郵匯過來，居然是四萬元台幣，比我平常的稿費高出十倍。我在《中國時報》刊詩，平常稿費已經是比普通高出一倍，這一定是出納寫錯了個零。我立刻打電話到報社會計部去問，是不是要退費。沒想得到的回答是：『我們老闆看了非常欣賞，說可以比照中篇小說的稿費發放。』余先生我從來沒見過，但這件事可是千真萬確。」白先勇聞言，用力一拍大腿：「唉呦這回可真是又要傾家蕩產！」

復刊《現文》在姚公手中，又出了二十期，每期銷售兩三千本，虧損太大，不得不在一九八四年停刊。七年後，白先勇得到《聯合報》的贊助，將《現文》前五十一期重印，成為精裝合訂本十九冊出版，又附加《現文因緣》及《現代文學資料彙編》二大冊，終於了了他半生的心願。

三・唉呦這可真是辛苦極了

話說當年我在西雅圖，趁華大課程結束之便，計畫利用暑期環遊美國，在去洛杉磯時，再度經過聖塔芭芭拉。事先與王潤華約好了在灰狗車站見面，不料來的卻是白先勇。「潤華到機場去接淡瑩了，」他遠遠對我招手說：「我們約好，在附近的中餐館見，歡迎歡迎，歡迎你這個稀客呀，來來，上車吧！」到了餐館我才知道，淡瑩去年我們見面後不久，就回新加坡任教，這次是趁暑假飛美千里探夫來了。「來來，哈哈羅青，沒事沒事，今晚住我處！」聚餐過後，白先勇體貼的對淡瑩擺擺手，又指指王潤華，笑著對我說：「晚上讓他們小倆口圓圓房！」「沒事沒事，早說好了今晚住我處，還是打地鋪，不會不方便的。」王潤華紅著臉，聲音虛弱的對我說。

「我們與淡瑩有一個小小的紅樓夢讀書會，她走掉這陣子，大家都有點懶散，現在好了，我們『紅迷』又可振作了。」白先勇邊開車邊興奮的對我說：「自從發現淡瑩跟我一樣，都長年在枕頭下放《紅樓夢》，是把曹雪芹背得滾瓜爛熟的『紅迷』，便起來號召一些有興趣的，大家不時聚聚，共同研討，互相考試。」說著說著，他放開方向盤，舉起一隻手揮舞起來：「我們考試的花樣可多了，例如《紅樓夢》在第幾回裡放風箏，賈寶玉放的風箏叫什麼名字？在第幾回裡第一次演戲，賈母點的戲名是什麼？……啊呀呀！好玩極了，弄得我都快把《紅樓夢》給翻爛了……。」一邊說一邊開，白先勇把車子開進了彎道，停在一株寶塔松旁。接下來的事，前文都已細細表過，此不贅述。

話說我與白先勇一起吃早餐時，看到餐桌上書堆裡有一冊桂冠版的《紅樓夢》，便問：「放風箏在第幾回，我記不得了，我知道林黛玉放的是『美人風箏』，賈寶玉的，想了一晚也想不起來。」

「我們出的題目，有這麼好回答，也就算不上是什麼『紅迷』了！」他一拍大腿大笑說：「是在第七十回，至於寶玉風箏的名字，書裡沒有明寫，要靠我們讀者慧心體會呀，他的應該與林妹妹一樣，也是個『美人風箏』，而且，兩個人的風箏，一先一後，都是忍痛剪了線放飛的呀，可見先是黛玉浪漫，接著是寶玉癡情。曹雪芹的筆法，實在是太要人命了，不迷不行。」他喝了一口橙汁，興高采烈的接著說：「《紅樓夢》裡唱戲的回目，多了去了，要記清楚可不容易。第一次唱戲是在十八回元妃省親，至於賈母看戲的回目很多，提到她親自點戲的是在五十四回，戲目是『尋夢』，你看，厲害吧，要迷成這樣，才算『紅迷』呀！」聽得《紅樓夢》僅僅看過三遍的我，滿臉羞慚，目瞪口呆，一時之間，接不上話來，只好跟屁蟲似的跟著說：「厲害，厲害，太厲害啦！」多年後，他出版了《白先勇細說紅樓夢》，根由當始於此。

我們正談得欲罷不能，忽然，從主臥室裡，冒出來一個皮膚黝黑的大高個，穿著汗衫短褲，一幅園丁模樣，對我搖了搖手，寒暄了一陣，就在餐桌旁坐了下來。這時白先勇已把早餐盤遞了過去，一面為我介紹：「這位是王國祥，我高中同學，物理學博士，現今在賓州州大做博士後研究，暑假來我這裡小住，幫我整理院子。唉呦你可真是不知道，他是我們《現文》的經濟大支柱呢！」接著他細心解釋說：「昨日他累了一天，我們回來時，他早早睡了。」那年頭，「博士後」還是個新鮮詞，與「得了博士仍找不到工作」同義。我於是好奇的問：「念哪個學校？哪一方面的物理？」「理論物理，在柏克萊念的。」王國祥微笑的答道。我聽了肅然起敬，連忙舉手敬禮說：「了不起，名師名校，這可是要準備得諾貝爾獎的。」

「羅青呀，你不知道，念理論物理，唉呦這可真是辛苦極了，他多少是受了李政道、楊振寧的害，在台大時選了這一行。到了美國後，才知道光是在柏克萊物理系的教授，就有六個是得諾貝爾獎的。」白先勇一面做早餐一面抱怨道：「可見這行僧多粥少，工作極為難找，一般美國學生都不敢念，但是研究的進度又非常快，拚死拚活寫出

▲白先勇與王國祥。

的論文，根本等不到在期刊發表，就過時了。你看看，花那麼多工夫寫的，只用點陣印表機印出幾十份來，分發一下，就算完事，多可怕。」真沒想到，當時的理論物理界，是如此的慘烈，聽得我，縮頭咋舌，打了一個寒顫。

「他來我這裡度假，結果變成了在院子裡打工，在那邊種了三株意大利柏樹（Italian Cypress），將來長高了，就成了我家的地標了。」白先勇興奮的說：「我們可以出去看看，從去年到現在，這都是我倆的心血，你看他曬得這麼黑。」早餐後，大家到院子裡繞了一下，「這三株，等長大了，你這裡就入了梵谷的畫。」我點著頭說。一圈看下來，在茶花叢中，我看中了兩棵絲葵棕梠（Washingtonia robusta）。這樣長的棕梠，別處沒有，加州則到處都是，一枝枝大枯葉，乾垂而不落地，層層加疊，包裹著頭頸以下大部分的樹幹，好像京劇中的鬚生，掛著長長的髯口，台步一側，露出一隻腳來。

這次來，本想像上次一樣，住上兩夜，現在看到兩邊主人各自有事，不好久留，瞄了下手錶，便向二位主人表示，我中午在洛杉磯與朋友有約，回房整理一下，便要搭灰狗車上路。主人殷勤挽留，再住一晚，終究拗不過我而勉強答應。我回到房間，抓緊時間，拿出棉紙寫生簿，翻到最後一頁，穿過那兩扇被釘死的窗子，開始棕櫚寫生，一窗一棵，一棵髯口顏色較深一棵較淡，一棵黑一棵白，剛好剛柔相濟，陰陽相配，三筆勾兩筆刷，我完成了這次「意外巧遇」的紀念。

多年後，我讀了白先勇〈樹猶如此——紀念亡友王國祥君〉一文，才知道當時看起來十分健壯的王國祥，得了「再生不良性貧血」，一直在與病魔纏鬥。他所種的「柏樹每年升高十幾呎，幾年間，便標到了頂，成為六、七十呎的巍峨大樹。三棵中又以中間那棵最為茁壯，要高出兩側一大截，成了一個山字形。」一九八九年，那棵柏樹無故枯亡；三年後，剛過五十五歲生日的王國祥病故於洛杉磯，結束他與白先勇三十八年的來往相交相互扶持。白先勇在文章結尾平靜的寫道：「剩下的那兩棵義大利柏樹中間，露出一塊楞楞的空白來，缺口當中，映著湛湛青空，悠悠白雲，那是一道女媧煉石也無法彌補的天裂。」

那天早上在灰狗車中，瞪著兩旁快速倒退的景色，我想起那兩扇釘死的窗子，漫漫沉思到，每家房前的大門大窗再笑口常開，後面也總會留有一兩扇緊閉甚至釘死的窗子。窗戶關閉後，可以緩緩張開夢的雙眼；窗戶釘死了，則可在夢中打開一座祕密花園。這倒是門窗專家錢鍾書所始料未及的。

▲羅青〈兩棵樹〉，一九七四年。

〔後記〕新近燒成的磚瓦

二〇一六年應報紙懷舊專題邀稿，寫成〈天下第一巷〉一篇，紀念老巷子老鄰居老朋友的趣事，勉強拋磚。文章刊出後，海內外雜誌如《講義》……等，均來函要求轉載，反響頻頻。此後我又陸續寫了一些，結集成《天下第一巷》一書，交由九歌出版社印行，是繼《羅青散文集》（洪範版，1976）、《七葉樹》（五四版，1989）、《詩眼照天涯（五卷）》（世新大學版，2002）、《試按上帝的電鈴》（九歌版，2017）之後，第五本散文集，列入「人才紅利時代」系列文集第二冊，成了我自民國五十七年（1968）發表作品以來，五十年寫作生涯中的一座里程碑，為即將到來的生日，點亮了人生「七十才開始」的第一根蠟燭，閃爍飄搖在詩文書畫、創作研究的轉捩點上。

近年來因為醫藥神速進步發達，能享長壽高壽者日眾，既然百歲人生，已是一個無法迴避的自然指標，則如何把握並光耀生命最後一段旅程，已成為越來越多人所要面對的課題。我一生的興趣愛好，在詩、文、書、畫與藝術史及美學的範疇，多年來累積了一些看法與想法，趁著這個人生重要轉捩點的來臨，不免做一番回顧與展望，一面深刻反省自我警惕策勵，一面回應時代可與大家共勉。

五十年來，台灣文壇，因「人才紅利時代」的爆發，創造過輝煌燦爛的藝文黃金巔峰時代，如今無可奈何，走到了風雲詭譎的十字路口，陷入進退失據的窘境。「人才紅利時代」第一梯次「革命一代」如胡適之、梁實秋、林語堂、蘇雪林……等大師，固然早已離我們遠去，第二梯次「戰亂一代」如紀弦、余光中、鍾鼎文、羅門……等名家，也在近兩三年中，凋零殆盡。第三梯次「戰後一代」諸君子，表面上看來，成長的際遇與物質條件，全都要比前兩代來得優渥豐富太多，而實質的創作成果及研究成績，卻似乎仍有待開發，目前尚乏善可陳，遠遠不及前兩代來得精深廣博，多采多姿。

當然，每個時代都有其獨特難纏的問題要面對、前所未有的困境要突破，需要有識之士提出全新的觀念、技巧、對策與化解之道，從而創作出反映並代表時代的精深作品。在這互聯網籠罩全球的世界，「戰後一代」要面對的龐大挑戰，除了逐漸衰退的文學出版行銷、空前惡劣的紙本投稿環境之外，還有文化中國在研究創作關鍵領域內的絕續存亡，是項責任之重大艱巨，可謂超越前代。

面對當前糜爛的政經風氣與澆薄的文化環境，咒詛譏諷嘲罵，竭力表達不滿，自是在所難免。然在消極的快意訕笑之餘，還不如積極運用宏大的文化想像力與論述力，在自己專精的領域中多做實質貢獻，方為上策。若能正面的為文化中國大觀園，或重建擴充，或創設新猷，多開闢一些新穎雋永的景區，有容乃大，必可吸引更多的中外讀者流連忘返，培養更多的專業景區修復更新者、評介研究者與創造擴建者，成為大觀園的終生會員。

從一九七三年我在西雅圖第一國家銀行舉辦首次書畫展至今，已過了四十五個年頭。這段期間，我在國內外美術館及公私畫廊的大小個展，已有六十多回，作品也被著名美術館如台中國立台灣美術館、北京中國美術館、倫敦大英博物館……所典藏，然對中國書畫的探索，至今仍在繼續，而且新構想新主題新題材，依舊層出不窮，無有停歇。

從前年開始，欣蒙美國著名美術史家郭繼生教授慨然出手相助，策畫了〈與遊美學——羅青「回到未來」七十回顧全球巡展〉，並獲馬利蘭大學Center for

Art, Design, and Visual Culture贊助，由華盛頓New Academia Publishing出版社，印刷發行厚達四百餘頁的英文展覽目錄*The Poet's Brush——Chinese Ink Painting by Lo Ch'ing*《詩人筆墨》（2016）。展覽自二〇一七年從台北九九藝術中心開始，經過西雅圖藝術中心、德國海德堡德美文化中心、馬來西亞吉隆坡二〇一七藝博會、上海植物園藝術廳、深圳畫院美術館、美國馬利蘭大學美術館、英國倫敦古德豪士當代藝術中心，最後於二〇一八年八月回到台北。

　承蒙國父紀念館中山畫廊的美意，把我多年來在書畫上的探索，如「視窗山水」、「鋼鐵山水」、「碎鏡中國」、「臉譜書法」……等，配合我研究的「與

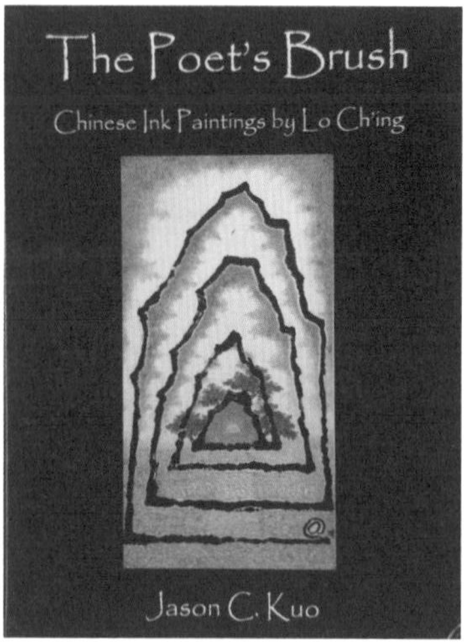

遊美學」，做一次初步的回顧。同時出版畫集《與遊美學——二〇一八羅青「回到未來」七十回顧展》以為紀念。希望能夠藉此鑑往知來，以此回顧展為我詩書畫人生的新起點。

二〇一八年四月，於大陸舉辦巡展期間，第七屆中國桂冠詩歌獎評委會，把中外首創首屆中國詩意繪畫桂冠獎，主動頒發給我，成了此次世界巡展中的一個意外插曲。我生平所得中外獎項不多，有之，都是頒獎單位主動提出，不需申請，更無需推薦，此次當然也不例外。而國父紀念館的邀請展覽，對我來說，則是一項沒有獎狀的實質獎賞，格外值得珍視。

大家都知道，繪畫的主旨在美學觀念的蒙養、創造與發揚；為了表達、表現、表演畫家的新理念，新技術與新畫法，方才配合而生。許多畫家，受到西方「分工專業化」的影響，一味埋首於繪畫技術花樣的實驗與翻新，只是玩弄技術的畫匠而已，此理淺顯易懂，然至今猶終身迷惘其中者，大有人在。久而久之，大家看到畫家提出美學理論時，反倒不知所措，以為是多此一舉。事實上，中國畫家能以理論總結藝術經驗者，從顧愷之的「遷想妙得」開始，到張璪的「外師造化，中得心源」、蘇東坡的「江山如畫」，再到董其昌的「南北分宗」、石濤的《畫語錄》……可謂無代無之。我的「輿遊美學」，只不過是追隨前賢的腳印，勉力踏出新的一步而已。願以「輿遊」理論與實踐所得，在這次回顧展中，與大家共同觀摩切磋。

無巧不巧，於二〇一八年五月中旬，承蒙「何創時書法藝術基金會」《創時講堂》力邀，讓我有機會，把近年來研究美學及藝術史所得，擇其要者，舉辦「抓住時代文化想像力——如何改寫中國美學史與繪畫史」系列演講，並撰寫提要云：「國府遷台匆匆已有七十年，為台島帶來了世界罕見的『中原文物典籍』與盛況空前的『人才紅利時代』，百家爭鳴，新意時出，成果豐碩，斑斑可考，至今也已完成了應盡的時代任務。唯獨在藝術史與美學體系的建構與系統闡釋上，尚有待補充擴展加強，願藉此一系列講座，與有興趣深入研究者，共同探討。」

接下來，我分別為六次講座簡介如下：第一講「老子為何要騎青牛出關？——如何重讀《老子》」，運用「地理文化人類學派」近年來的最新考古發現，重新研讀先秦典籍，以《老子》「第八十章」為核心，與其他八十章，輪流逐一對照，從「漁獵採集社會」出發，重新闡釋《老子》，更新二千年來的《老子》研究。

第二講「莊子為何喜愛引用顏回?——如何重讀《莊子》」,從《莊子》在接受「精耕農業社會」的前提下,如何傳承儒家《詩經》、《論語》的寫作風格出發,分析對比顏回與莊子的相似性,剖析儒家「興」、「遊」觀念對《莊子》內七篇的影響,並闡釋孟子、莊子如何在孔子之後成為發揚儒家傳統最重要的傳人,更新二千年來的《莊子》研究。

第三講「儒家『興遊美學』——唯一可與『模擬再現(Mimesis)』抗衡的美學體系」,重點指出並闡釋西洋美學的核心:「模擬再現」傳統,與中國美學核心儒家「興遊美學」對照,並指出「興遊美學」與佛家結合成「禪宗」,與道家結合成「寫意畫」,與詩家結合成「情景交融」……與食衣居住結合成中國烹飪、服裝、建築之道,足以與「模擬再現」分庭抗禮,更新近百年來的中國美學研究。

第四講「為何〈溪岸圖〉不是山水畫?」,探討抒情詩敘事詩與山水繪畫的關係,探討人物畫、敘事山水畫如何過渡到抒情山水畫,說明董源、巨然的作品,在此美學典範變遷中所扮演的角色,更新一千年來的中國山水畫研究。

第五講「〈清明上河圖〉大翻案！」，探討圖像記號系統與文字記號系統之互補關係，對比此圖與王希孟〈千里江山圖〉的互補關係，推翻過去九百年來所有對此圖的解釋、臆測與說法。

第六講「為何大家至今不知〈富春山居圖〉為何重要？」，以〈富春山居圖〉為核心，以中國語言學「主題／補充評論」為思考模式，探討中國繪畫美學典範之嬗遞，並指出元代趙孟頫、黃公望師徒，為繪畫美學典範的轉捩點，而〈富春山居圖〉為此一轉捩點的試金石，是中國山水畫史上第一件「即興修補前後呼應對照式」的山水畫，更新近六百五十年來中國美學及山水畫研究。

數千年來，在神州大地上有無數政治中國，來來去去，興衰消長，然而文化中國的大觀園，卻始終只有一個，而且永遠不斷在成長茁壯擴展，在全球生根發芽，開花結果。老實說，世界上值得我們認同的悠久文化體系不多，文化中國一直是我願意關切親近的首選，雖然在追隨追尋的途中，難免遇到各種劫難與打擊，但是不斷以文化想像力，燒製出作品的磚瓦，為文化中國大觀園的建設，盡一分心力，一直是我最高鵠的，終身樂此不疲，勤奮忘憂，而不知老之將至。

我閉門土法煉鋼所鍛鍊的「羅記磚瓦」，雖然力求品質精良，造型優美，但拿到大觀園中試用，天長日久，終究要現出原形，堅固耐看的留下，花俏鬆散的淘汰。不過，園子的修葺建設，重點不在「成敗」，而在「興趣」，不在「留名」，而在「悠遊」，如能在深刻的賞心樂志之餘，又能與同遊者盡情分享，達到莊子在〈知北遊〉裡所說的：「**安與之相靡，必與之莫多**」，便於願足矣，何來「**知遇而不知所不遇，知能能而不能所不能**」的遺憾？

九 歌 文 庫 1 2 8 9

天下第一卷——人才紅利時代二

國家圖書館出版品預行編目（CIP）資料

天下第一卷：人才紅利時代．二 / 羅青著．-- 初版．-- 台北市：九歌，2018.07

面；　公分．--（九歌文庫；1289）

ISBN　978-986-450-198-4（平裝）

855　　　　107008891

作　　者——羅　青
編　　輯——陳淑姬
創 辦 人——蔡文甫
發 行 人——蔡澤玉
出　　版——九歌出版社有限公司
台北市 105 八德路 3 段 12 巷 57 弄 40 號
電話／02-25776564・傳真／02-25789205
郵政劃撥／0112295-1

九歌文學網　www.chiuko.com.tw

印　　刷——前進彩藝有限公司
法律顧問——龍躍天律師 ・ 蕭雄淋律師 ・ 董安丹律師
初　　版——2018 年 7 月
定　　價——360 元
書　　號——F1289
I S B N——978-986-450-198-4　（平裝）